CB136606

CIÊNCIA NO TEMPO

NEWTON

E O TRIUNFO DO MECANICISMO

Marco Braga
Andreia Guerra
Jairo Freitas
José Cláudio Reis

7ª EDIÇÃO

Conformc a nova ortografia

Atual Editora

Copyright
© Marco Braga
Andreia Guerra
Jairo Freitas
José Cláudio Reis
1999

SARAIVA S.A. Livreiros Editores
Rua Henrique Schaumann, 270 — Pinheiros
05413-010 — São Paulo — SP
Fone: (0xx11) 3613-3000
Fax: (0xx11) 3611-3308 — Fax vendas: (0xx11) 3611-3268
www.editorasaraiva.com.br
Todos os direitos reservados.

Dados Internacionais de Catalogação na Publicação (CIP)
(Câmara Brasileira do Livro, SP, Brasil)

Newton e o triunfo do mecanicismo / Marco Braga ... [et al]. — São Paulo : Atual, 1999. — (Ciência no Tempo)

Outros autores: Andreia Guerra, Jairo Freitas, José Cláudio Reis.
Inclui suplemento para o aluno e professor.
Bibliografia.
ISBN 978-85-7056-996-7

1. Ciência — História 2. Física — História 3. Mecânica 4. Mecanismo (Filosofia) 5. Newton, Isaac, Sir, 1642-1727 I. Braga, Marco. II. Guerra, Andréia. III. Freitas, Jairo. IV. Reis, José Cláudio. V. Série.

99-2622 CDD-509

Índices para catálogo sistemático:

1. Mecanicismo : Ciência : História 509

Coleção **Ciência no Tempo**

Desenvolvimento de produto

Gerente editorial: Wilson Roberto Gambeta
Editora: Elena Versolato
Assessora editorial: Oscarina Camillo
Coordenadora de preparação de texto: Maria Cecilia F. Vannucchi
Preparação de texto: Maria Luiza Simões
Pesquisa iconográfica: Cristina Akisino
Revisão de textos: Pedro Cunha Jr. e Lilian Semenichin (coords.)/ Lúcia Leal Ferreira/Elza Maria Gasparotto

Gerente de arte: Edilson Félix Monteiro
Editor de arte: Celson Scotton
Diagramação: Ricardo Yorio
Editoração eletrônica: Silvia Regina E. Almeida (coord.)

Colaboradores

Projeto gráfico: Sérgio Merli
Capa: Claudson Rocha
Ilustrações: Processo de criação/Paulo Cezar Pereira

7ª edição/9ª tiragem
2013

Todas as citações de textos contidas neste livro estão de acordo com a legislação, tendo por fim único e exclusivo o ensino. Caso exista algum texto a respeito do qual seja necessária a inclusão de informação adicional, ficamos à disposição para o contato pertinente. Do mesmo modo, fizemos todos os esforços para identificar e localizar os titulares dos direitos sobre as imagens publicadas e estamos à disposição para suprir eventual omissão de crédito em futuras edições.

saceditorasaraiva@editorasaraiva.com.br
Central de atendimento ao professor:
0800-0117875

Impressão e acabamento: Mark Press Brasil Gráfica

Atual Editora

NEWTON
E O TRIUNFO DO MECANICISMO

SUPLEMENTO DE TRABALHO

NOME: ____

ESCOLA: ______________________________ ANO: ____

Este suplemento de trabalho integra a obra *Newton e o triunfo do mecanicismo*. Não pode ser vendido separadamente. © SARAIVA S.A. Livreiros Editores

Apresentamos a seguir uma série de questões para que você possa avaliar sua compreensão do texto *Newton e o triunfo do mecanicismo*. Após as questões, sugerimos algumas atividades, que visam proporcionar o debate de aspectos mais gerais sobre o tema tratado no livro.

QUESTÕES

1. Em que a atitude de Galileu de dar destaque aos trabalhos dos técnicos estava ligada a uma nova forma de compreender o universo?

   ____

   ____

   ____

   ____

2. Cite uma das questões técnicas importantes para os homens que viviam no mundo de Galileu e Kepler.

   ____

3. Qual a importância de Tycho Brahe para o desenvolvimento do trabalho de Kepler?

   ____

   ____

4. Qual foi o procedimento de Tycho Brahe para conseguir medidas astronômicas precisas?

   ____

   ____

5. O que Johannes Kepler desejava conseguir com seu trabalho?

6. O trabalho de Isaac Newton sofreu influência do trabalho de outros cientistas? Explique.

7. Qual a crítica de Newton aos artífices?

8. O que Newton pensava sobre o trabalho dos cientistas, quando elaborou a primeira regra de raciocínio em filosofia? E ao elaborar as outras três regras?

9. Newton acreditava numa ordem do sistema do mundo. Para ele, quem tinha criado essa ordem?

10. O que, segundo Newton, era importante estudar para se conseguir compreender o universo?

11. Podemos dizer que Newton concretizou o desejo de grande parte dos filósofos naturais de sua época. Que desejo era esse?

12. Qual a importância da ciência matemática e experimental para o projeto iluminista?

13. Que parte do trabalho de Isaac Newton foi desconsiderada pelos cientistas do século XVIII?

14. Com base nos poemas de J. T. Desaguller e Alexander Pope apresentados na página 38, explique como Newton era visto no século XVIII.

15. Como os mecanicistas percebiam a natureza?

16. Qual o principal questionamento feito pelos cientistas que instauraram a Filosofia Natural Romântica ao mecanicismo?

17. Por que os filósofos naturais românticos consideravam o mecanicismo um fracasso?

____

____

____

ATIVIDADES

1. *Pesquisa sobre as pinturas medievais e renascentistas*
   Pesquise em livros de história da arte exemplos de pinturas medievais e renascentistas, procurando observar as diferenças entre as obras dos dois períodos. Em seguida monte um quadro comparativo entre as características da pintura medieval e as da renascentista e relacione-as com o mundo medieval e com o mundo renascentista.

2. *Produção de texto*
   Este livro começa com dois pensamentos, um deles de Goethe. Escreva um texto a partir desse pensamento, questionando a visão mecanicista da natureza.

3. *Debate sobre o filme* Frankenstein de Mary Shelley
   Assista a esse filme e pense nas seguintes questões:

   - Qual o objetivo de Victor Frankenstein ao ingressar na universidade para estudar medicina?
   - Que experiências realizadas por Frankenstein o levaram a pensar em reconstruir a vida humana?
   - Segundo o médico, qual o princípio gerador da vida?
   - Como Frankenstein reconstruiu a vida?

   Organize com sua turma um debate sobre o filme. As questões que propomos a seguir servirão para estimular a discussão. Durante o debate, utilize argumentos retirados do filme e do livro *Newton e o triunfo do mecanicismo*, que você acabou de ler.

   - Qual a ligação do mecanicismo com a criatura de Victor Frankenstein?
   - Frankenstein diz ao capitão do navio que viaja rumo ao Polo Norte que ambos compartilham da mesma loucura. Que loucura é essa?
   - Você acha que o homem deve tentar construir ou reconstruir vidas?
   - Qual o papel da ética na ciência?

SUMÁRIO

"A filosofia está escrita nesse grande livro permanentemente aberto diante de nossos olhos — refiro-me ao Universo — mas que não podemos compreender sem primeiro conhecer a língua e dominar os símbolos em que está escrito. A linguagem desse livro é a matemática e seus símbolos são triângulos, circunferências e outras figuras geométricas, sem cuja ajuda vagueia-se em vão em um labirinto escuro."

Galileu Galilei

"Figuras, descrições, medidas, números e desenhos ainda não expõem um fenômeno."

Goethe

APRESENTAÇÃO

Este livro nasceu da vontade de ver a ciência sendo ensinada na escola de forma diferente. De uma maneira que faça com que o aluno perceba que a produção do conhecimento técnico-científico é parte da cultura humana, assim como a literatura, a pintura, a música, o cinema.

Às sextas-feiras os autores deste livro, todos professores do ensino médio, se reúnem num grupo de estudo denominado Teknê. *Assim como nos velhos ateliês da Idade Média, onde os artesãos estudavam e trabalhavam o ferro, o bronze, a pedra, no* Teknê *se estudam a ciência, a técnica, a arte e se trabalha a palavra. Lá não só são lidos e discutidos textos de filosofia e história da ciência e da técnica como também são escritos textos didáticos e ensaios, além de serem produzidas experiências educacionais. Nesse trabalho compartilha-se uma grande amizade. O* Teknê *é a forma que encontramos de manter vivo um sonho que alimentamos desde os bancos universitários: continuar estudando, discutindo, escrevendo e, acima de tudo, ensinando de forma criativa. Este livro é dedicado a todos aqueles que nos ajudaram na construção desse projeto de vida.*

Os autores

ESAB

INTRODUÇÃO

Para que estudar o mecanicismo?

O coração é uma bomba. O cérebro é um computador. O funcionamento do aparelho respiratório é afetado pela poluição ambiental.

Você já deve ter usado uma dessas frases em conversas com amigos. E talvez esteja achando estranho começarmos um livro com essas frases tão banais. Não se precipite em suas conclusões. Apesar de banais, elas nos ajudam a entender o que o homem moderno pensa da natureza.

O que vem à sua mente quando falamos em uma bomba, um aparelho ou um computador? Com certeza essas palavras fazem você se lembrar de uma máquina. Quando afirmamos que o coração funciona como uma bomba, estamos pensando no corpo humano como uma grande máquina, formada de partes, blocos com funções distintas, que, ao serem encaixados de modo correto, provocam o funcionamento observado.

Se olharmos para o passado, veremos que nem sempre o homem comparou a natureza a uma máquina ou a partes dela.

Essa comparação, que chamaremos de mecanicismo, em outras épocas era inaceitável. Isso nos coloca a seguinte questão: teríamos um mundo e uma sociedade diferentes, caso a natureza não fosse comparada a uma máquina?

Responder a essa questão é uma tarefa muito difícil. Sem pretendermos solucionar o problema, convidamos você a refletir sobre o assunto, conhecendo mais de perto os percursos que nos levaram a aceitar a comparação do universo a uma máquina. Vários caminhos podem ser usados para realizarmos essa reflexão. Escolhemos entrar neste tema através de uma viagem à vida e à obra de Isaac Newton.

O início de uma viagem

Um dia, quando ainda éramos estudantes, deparamos com estes versos de Pope, poeta inglês do século XVIII, que abriam o capítulo de um livro:

> **"Na noite se escondiam a Natureza e [suas leis.**
> **Deus disse: Que surja Newton!, e tudo [foi luz."**

Já havíamos estudado as leis de Newton e a gravitação universal nos livros didáticos. Sabíamos que Newton havia sido um físico de grande importância. Entretanto, esses versos tinham algo de desafiador. Eles o colocavam numa posição suprema, como se ele fosse parte da criação do universo, tal como é narrada no livro do Gênesis, na Bíblia.

Isso nos levou a refletir, a indagar: Quem foi Newton? Que personagem foi essa que inspirou Pope a escrever versos tão fortes e provocativos?

Descobrimos que havíamos aprendido física sem conhecer as personagens e as tramas que as levaram a fazer o que fizeram. Um colega levantou a questão: como seria o mundo hoje se Newton não tivesse existido? Difícil de imaginar. Foi ele uma pessoa tão genial como os versos de Pope sugerem?

Precisávamos investigar.

Se antes de Newton tudo era escuridão — como diz o poeta Pope —, o passado não teve importância em sua vida. Mas se, ao contrário, ele fez parte de uma história, não foi um ser divino que surgiu do nada, convém estudarmos o passado, que deve ter sido algo marcante em sua existência. Por isso, convidamos você a uma viagem ao encontro da obra desse "misterioso" Isaac Newton. Essa viagem deve iniciar-se pela visita a seus antecessores, àqueles que pavimentaram a estrada que Newton percorreu.

CAPÍTULO 1

A natureza e suas leis

estavam ocultas na noite

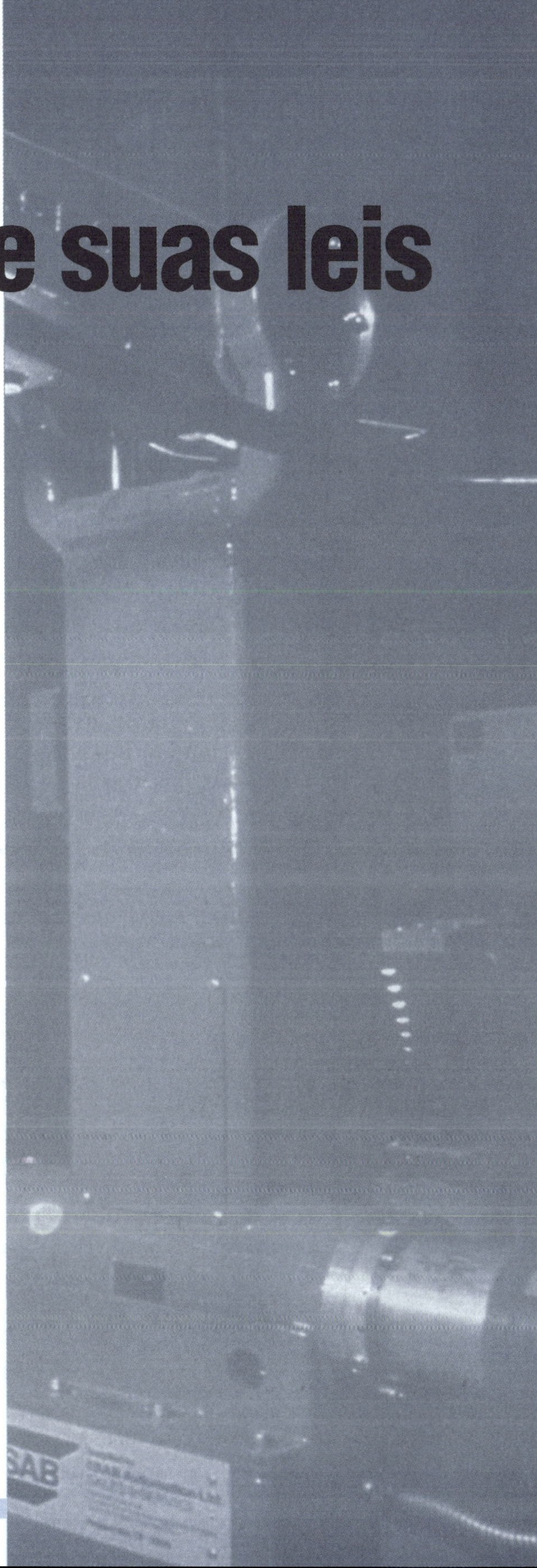

Estamos na Europa do século XVI. Num mundo em transformação. A partir do século XIII, a Europa viu sua ordem social ser alterada. As cidades, o comércio, o transporte, a navegação tiveram um desenvolvimento sem igual na sua história. Essas mudanças estavam, de alguma forma, associadas a conhecimentos novos: novas técnicas vindas do Oriente; descoberta de textos de filósofos gregos da Antiguidade (como Aristóteles); notícias de plantas, animais e povos até então desconhecidos, encontrados na América.

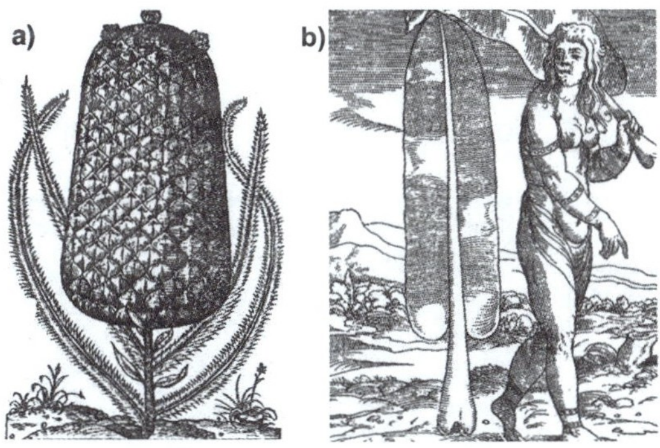

a) O cosmógrafo francês Frei André Thevet desenhou uma fruta desconhecida na Europa, o abacaxi, durante uma expedição ao Brasil, em 1575.
b) Gravura do livro *A história das Índias*, editado em 1565, mostrando uma folha de bananeira.

Conhecimentos novos aliados a novas necessidades permitiam a alguns homens olhar de forma diferente para a sua realidade. Trabalhos até então desvalorizados, como os dos técnicos, passavam a ser reconhecidos como algo de grande valor.

Precursores
de Newton

Galileu

Newton costumava dizer que se apoiou "em ombros de gigantes". Entre esses gigantes encontramos, no século XVI, Galileu Galilei, um ilustre cientista italiano que deu grande destaque ao trabalho dos técnicos, tendo muitas vezes declarado que foi ao arsenal de Veneza (onde se construíam centenas de embarcações para o comércio e a defesa da poderosa República Veneziana, considerada por muitos historiadores como a primeira no mundo a realizar produções em série) para aprender com os que ali trabalhavam. Ele mesmo construiu vários aparatos técnicos. Estaria essa atitude ligada a uma nova forma de compreender o universo?

A valorização do trabalho técnico e a dedicação de cientistas, como Galileu, à construção de novos artefatos traziam novidades para o mundo da ciência. Vamos entender isso um pouco melhor.

A luneta foi construída na Holanda na época de Galileu. Ao conhecer e utilizar esse instrumento, Galileu possibilitou uma nova forma de entendimento da natureza.

O que Galileu fez foi simples. Ele não aceitava mais as explicações dadas para o movimento dos corpos terrestres e os acontecimentos do céu. Buscando novos conhecimentos sobre o universo, ele direcionou a luneta para o céu. Com esse simples gesto, observou os astros e os seus movimentos.

Galileu com a luneta no senado de Veneza. Indicando novas formas de explicar a natureza, ele contribuiu para transformar a cultura de seu tempo.

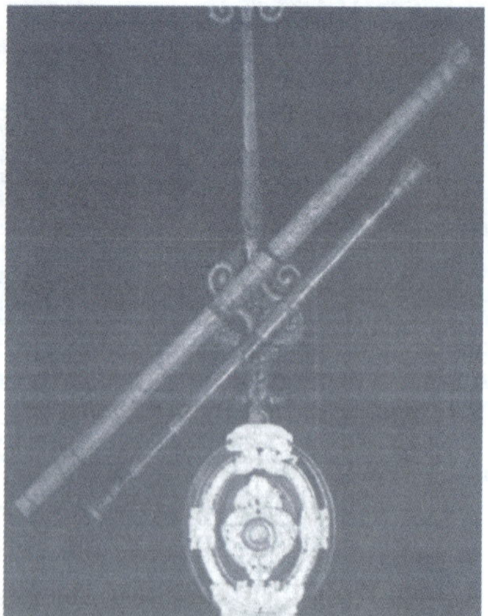

Lunetas construídas por Galileu, que hoje estão no Museu de História da Ciência, em Florença, Itália.

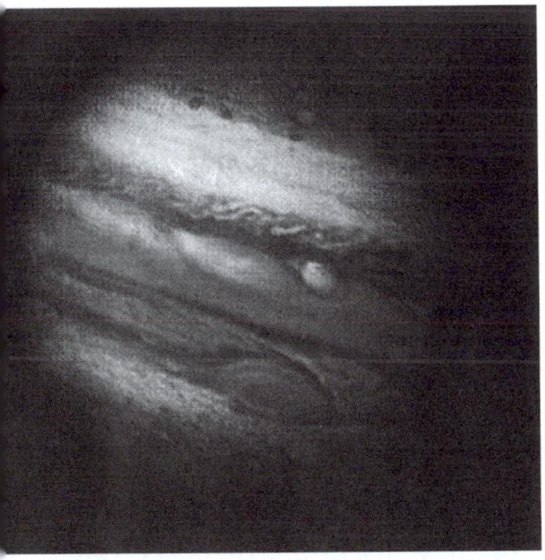

Júpiter, cujos satélites foram revelados por Galileu, em 1610, com o uso de sua luneta.

Os comerciantes do fim da Idade Média desenvolveram muitas técnicas bancárias, aplicando conhecimentos matemáticos. Nessa imagem, do século XV, dois florentinos realizam transações utilizando moedas de ouro que pesavam 72 g.

Tomou conhecimento de fatos até aquele momento desconhecidos, como as crateras da Lua, as fases de Vênus e os satélites de Júpiter. Marcou, dessa forma, o uso da experiência na construção da ciência.

As transformações pelas quais a Europa passava colocaram também a matemática em evidência. Até então, só os grandes estudiosos possuíam esse conhecimento. Com a ascensão do comércio e o desenvolvimento das cidades, a matemática passou a ser uma ferramenta importante para o cidadão comum. Presencia-se nessa época tanto a sua valorização, quanto a sua ampla divulgação. Muitos dos habitantes das novas cidades começaram a sentir necessidade de estudá-la.

As mudanças trouxeram novas exigências para os técnicos e filósofos da natureza. Reivindicou-se dos primeiros um conhecimento teórico, matemático, pois apenas saber fazer não era mais suficiente. Da mesma forma, exigiram-se dos filósofos conhecimentos técnicos, ou pelo menos teorias não contraditórias com o mundo prático.

O contexto cultural no qual os homens da época de Galileu viviam levou-os a uma insatisfação com a sociedade da forma como então era organizada. Iniciou-se, assim, a construção de um mundo em que a aprovação da Igreja não era indispensável. Essa construção não ocorreu de forma deliberada, a partir de um acordo claro e definido dos que viviam naquele momento, mas como decorrência da problematização dessa época e da atuação concreta dos homens para transformar a realidade.

A construção de um novo mundo acontece sempre porque os homens, por estarem constantemente buscando solucionar problemas, interferem no contexto em que se encontram.

Eles nascem em determinado tempo e local e aos poucos tomam contato com os problemas e soluções de sua época histórica. No seu trabalho, em sua vida, vão questionando as soluções dadas no passado e, assim, fabricando novas saídas, que irão dar o perfil ao mundo que seus filhos encontrarão. Esse questionamento e essa busca de solução, que estão diretamente ligados ao tempo e ao local onde se vive, nem sempre provocam mudanças radicais, como as iniciadas pelos contemporâneos de Galileu.

Kepler

Kepler foi um astrônomo alemão. Nasceu em 1571 e faleceu em 1630. Assim como Galileu, viveu num ambiente em transformação.

Uma das questões técnicas importantes para os que viviam no mundo de Galileu e Kepler era o aprimoramento do transporte marítimo. Por dificuldades de orientação, as embarcações, durante a Idade Média, nunca se afastavam da costa. Mas o inter-

câmbio com as novas colônias da América e com o Oriente tornava necessário maior segurança em alto-mar. Os europeus tinham que melhorar a estabilidade de suas embarcações e tornar mais preciso o sistema de orientação. O aprimoramento de técnicas de navegação em alto-mar exigia, no entanto, conhecimentos a respeito dos corpos celestes. Determinar a latitude, por exemplo, requeria conhecer não só o mapa celeste, como o movimento dos astros.

Nesse ambiente, muitos cientistas dos séculos XVI e XVII direcionaram seus estudos para a astronomia. Ao contrário da maioria dos filósofos naturais da época, Kepler acreditava que as órbitas planetárias eram reais e que os movimentos observados podiam ser explicados com argumentos físicos. Abandonou, assim, a ideia antiga de que o movimento dos corpos celestes possuía uma explicação exclusivamente divina.

Com seu trabalho, Kepler pretendia descobrir um conjunto de leis que explicassem o que provocava os movimentos dos planetas. Essas leis, que deviam estar de acordo com as observações do céu já realizadas, formariam uma "Física celestial". No entanto, apesar de não associar a causa do movimento dos planetas a Deus, Kepler usou argumentos místicos em seu trabalho.

Johannes Kepler (1571-1630).

Kepler, o cientista que aparece em nossos livros didáticos, era um místico?

Ele nos diz no livro *Primeiras dissertações matemáticas sobre os mistérios do cosmo*, escrito em 1597:

"Eu procuro provar que Deus, na criação deste universo móvel e ata harmonização dos corpos celestes, tinha em vista os cinco sólidos regulares da geometria, celebrados desde os dias de Pitágoras e de Platão, e que Ele tinha acomodado à sua natureza o número de céus, as suas proporções e as relações dos seus movimentos".

Representação mecânica do sistema de Kepler.

Assim, Kepler acreditava que Deus criara um universo simples e harmônico e que, para garantir isso, teria feito uso da matemática e das figuras geométricas regulares no ato da criação. Por exemplo, Deus teria criado seis planetas porque a matemática possui apenas cinco sólidos regulares.

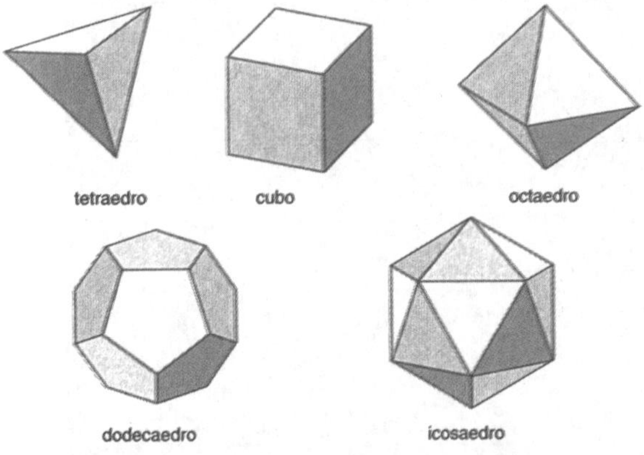

Os sólidos regulares (poliedros): tetraedro, cubo, octaedro, dodecaedro e icosaedro, cujas faces têm lados e ângulos iguais. Esses sólidos eram admirados pelos pitagóricos e por Platão, devido a sua uniformidade. Os sólidos regulares eram considerados símbolos da perfeição.

No modelo de universo construído por Kepler, os planetas orbitavam sobre esferas cujo centro era o Sol. Essas esferas foram sempre associadas a um dos sólidos regulares, de modo que os raios das esferas internas e externas aos sólidos representassem as distâncias dos respectivos planetas ao Sol. Para concretizar essa ideia, Kepler imaginou um cubo entre as esferas de Júpiter e Saturno, um tetraedro entre as de Júpiter e Marte, um octaedro entre as de Marte e Terra, e assim fez para os seis planetas.

Veja! Para construir esse modelo de universo, utilizando sólidos regulares, Kepler não se baseou exclusivamente em observações astronômicas.

Kepler apresentou seu modelo no livro *Primeiras dissertações matemáticas sobre os mistérios do cosmo*, que lhe deu prestígio junto a filósofos naturais reconhecidos. Quatro anos após a publicação dessa obra, tornou-se assistente do astrônomo dinamarquês Tycho Brahe. No ano seguinte, Tycho morreu, deixando-lhe todos os seus dados astronômicos, fato determinante para o futuro de Kepler.

Brahe

Tycho Brahe dedicou-se à observação do céu, com o propósito de coletar dados sobre os corpos celestes. Em sua época os telescópios não eram conhecidos. Mesmo assim, obteve informações extraordinariamente precisas. O bom resultado de suas medidas foi fruto do cuidado, determinação e paciência com que realizou as suas observações astronômicas.

Os dados que Tycho Brahe coletou são até hoje considerados de boa precisão. Você já imaginou o trabalho que esse cientista teve para conseguir tal feito? Não se esqueça de que ele vivia no século XVI, e não possuía os aparelhos sofisticados dos astrônomos atuais.

Observatório Uranibarg construído por Tycho Brahe.

Tycho utilizou sextantes e quadrantes para fazer suas observações. Com esses instrumentos é possível medir ângulos da posição de planetas e outros astros, a partir da Estrela Polar (estrela que permite localizar o Polo Norte).

Quadrantes e sextantes eram instrumentos utilizados para observação celeste. O quadrante recebeu esse nome por ser formado a partir da quarta parte de uma circunferência, enquanto o sextante representava a sexta parte de uma circunferência.

Os instrumentos com que Tycho Brahe trabalhou eram similares aos mais primitivos da época, apesar de maiores.

O tamanho dos instrumentos e o cuidado com que os direcionou para o céu foram fatores fundamentais para a precisão obtida. Com aparelhos de grandes dimensões foi possível repetir com mais detalhes e por mais tempo as observações, mas, mesmo sabendo de tal "vantagem", não podemos subestimar a perseverança desse cientista.

Tycho Brahe, por sua determinação e dedicação a um objetivo, conseguiu medidas tão exatas, que serviram de base para toda a construção da mecânica celeste posterior.

No observatório que havia construído na ilha de Hyveen, na Dinamarca, Tycho Brahe fez estudos a respeito da Lua, do Sol, dos planetas e, em especial, de Marte. Outro estudo célebre foi o relativo a cometas.

Foi Brahe quem mostrou que os cometas cruzavam as órbitas dos diferentes planetas. Baseando-se em suas próprias observações, passou a rejeitar o sistema defendido pela Igreja: o de Ptolomeu.

O quadrante (à direita) e o sextante (à esquerda) eram instrumentos utilizados para observação celeste na época de Tycho Brahe.

OS COMETAS

A palavra *cometa* vem do grego *kométes*. O núcleo de um cometa é formado de gás congelado e de poeira interestelar. Quando está relativamente próximo ao Sol, a radiação solar faz com que o gás e a poeira do núcleo descongelem, formando a sua cauda brilhante.

Há evidências de que o cometa registrado por Giotto nesta pintura do século XIII é o cometa de Halley, cujo nome homenageia o astrônomo inglês Edmund Halley, o primeiro a estabelecer, no século XVII, a periodicidade com que este cometa aparecia na Terra.

***Adoração dos magos*, de Giotto.**

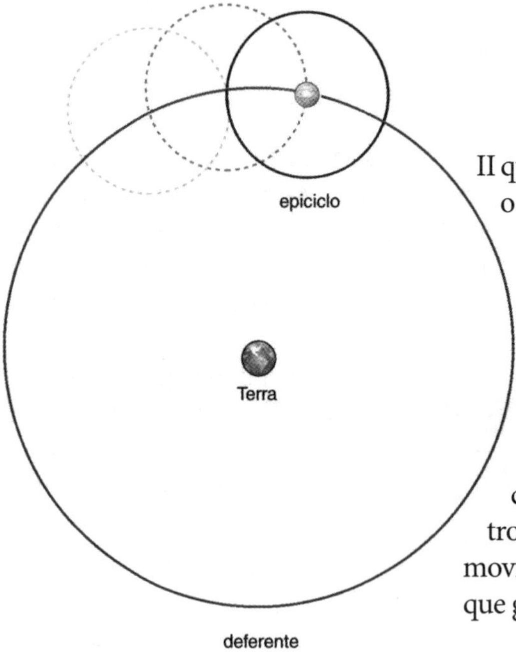

O SISTEMA DE PTOLOMEU

Ptolomeu foi um astrônomo grego do século II que propôs um sistema em que a Terra ocuparia o centro do universo. Os planetas girariam em órbitas circulares e ao redor da Terra. Chamamos a esse sistema de geostático, visto que a Terra está imóvel.

As órbitas dos planetas, propostas por Ptolomeu, não eram constituídas por um único círculo. Os planetas se moveriam com velocidade uniforme sobre uma circunferência de raio pequeno, chamada epiciclo. O centro dessa pequena circunferência, por sua vez, movia-se sobre uma circunferência, de raio maior, que girava em torno da Terra.

Para casos como o dos cometas, o sistema heliocêntrico proposto por Copérnico apresentava pontos contraditórios em relação às observações de Tycho Brahe. Isso, aliado ao fato de esse sistema ser contrário à Bíblia, fez com que Tycho Brahe também o negasse.

O SISTEMA COPERNICANO

Nicolau Copérnico nasceu em 1493 na Polônia e faleceu em 1543. O sistema que propôs é heliostático, ou seja, o Sol encontra-se imóvel.

Copérnico não foi o primeiro astrônomo a pensar num sistema com o Sol no centro.

No sistema de Copérnico, os planetas giravam em torno do Sol em órbitas circulares. A Terra realizava diariamente uma volta completa em um eixo fixo, em tomo de si mesma. Apresentava ainda um movimento de translação ao redor do Sol. Essa era uma grande diferença em relação ao sistema de Ptolomeu, no qual a Terra, sendo considerada fixa, não era um planeta. Isso porque só eram chamados planetas os astros que se deslocavam no céu (planeta = viajante).

Copérnico ousou imaginar a Terra movendo-se no espaço.

Essa representação do sistema heliocêntrico ilustrava o livro de Copérnico *De revolutionibus orbitum*, de 1543.

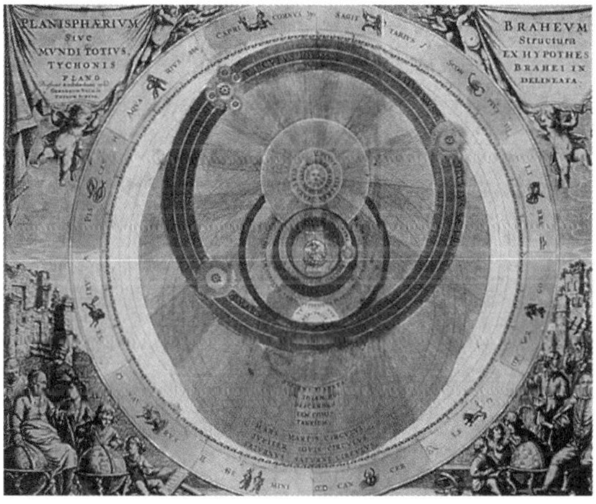

Representação do sistema de Tycho Brahe, diferente do de Ptolomeu, mas que mantinha a Terra no centro do universo.

Ao negar as duas mais importantes concepções de universo da época, Tycho propôs um novo modelo, no qual os planetas giravam ao redor do Sol, em órbitas circulares. E o Sol, juntamente com a Lua, tinha um movimento de translação circular em torno da Terra, que, fixa, ocuparia, assim como ensinava a Igreja, o centro do universo.

No século XVI, uma questão muito discutida era a unificação das teorias explicativas sobre o céu e a Terra.

Johannes Kepler concluiu que o conceito copernicano da Terra como planeta e as descobertas das crateras da Lua, das manchas solares, dos satélites de Júpiter e das fases de Vênus feitas por Galileu exigiam a criação de uma física que se aplicasse ao mesmo tempo aos corpos celestes e aos terrestres.

Porém sua tentativa de buscar leis que explicassem ao mesmo tempo o movimento dos corpos celestes e dos terrestres fracassou. Ele ainda estava preso ao conhecimento considerado, em sua época, como verdade absoluta.

Entre o velho e o novo

A ligação que Kepler ainda mantinha com conhecimentos que estavam sendo questionados não diminui sua contribuição para a construção da nova ordem.

As mudanças culturais não ocorrem de uma hora para a outra, de forma deliberada. Uma transformação profunda como a que ocorria no século XV processa-se de forma lenta, perpassando várias gerações.

Lembre-se: o passado é presença marcante em nossas vidas. Não conseguimos de uma hora para a outra anular a nossa herança.

Galileu, Tycho Brahe e Kepler viviam num mundo em transformação, e participavam ativamente dessa transformação. Mas, como o passado estava marcado em suas vidas, eles deixaram em seus trabalhos evidências do mundo que estava sendo substituído e também prenúncios do mundo que estava por vir. Seria um grande equívoco esperar que, pelo fato de serem grandes cientistas, não tivessem contradições e não as manifestassem em seus livros, apresentando um tratado de astronomia que contivesse apenas as verdades hoje estabelecidas.

Kepler passou vários anos tentando adaptar os dados a respeito de observações de Marte aos sistemas planetários propostos por Tycho Brahe e Nicolau Copérnico. Porém não conseguiu fazer, com a precisão desejada, que tais dados concordassem com as órbitas circulares previstas. Após vários anos de tentativas, abandona tudo que tinha considerado até então e chega à formulação da chamada "primeira lei de Kepler", que afirma que os planetas giram em torno do Sol em órbitas elípticas.

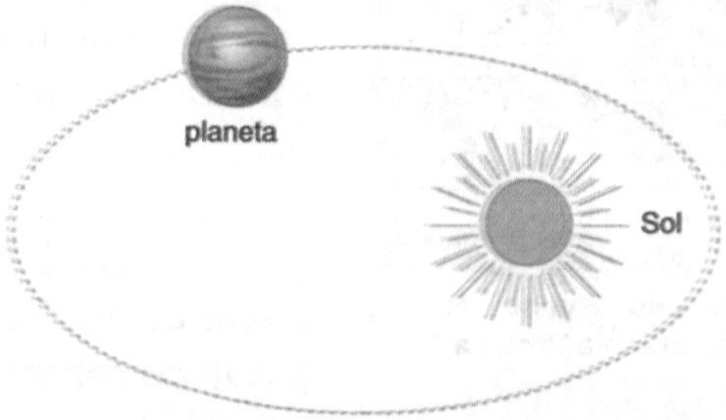

Primeira lei de Kepler: os planetas giram em torno do Sol em órbitas elípticas.

Vamos conhecer o pensamento de Kepler sobre esse assunto:

"Uma vez que a bondade divina nos deu em Tycho Brahe o mais cuidadoso dos observadores, de cujas observações divergem os meus cálculos em 8' [...] é justo que o reconheçamos com gratidão e que façamos uso desta dádiva de Deus [...] Porque se eu tivesse podido considerar desprezíveis 8' de longitude, já teria corrigido suficientemente a hipótese [...] descoberta no capítulo XVI. Mas, como não podiam ser negligenciados, estes 8' abriram caminho a uma reforma completa da astronomia e constituíram o assunto principal de grande parte deste trabalho".

Esse erro de ângulo de 8 minutos de que fala Kepler era bastante aceito em sua época. Ele, porém, não o aceitava. Após anos de tentativas de adaptar os dados de observações celestes aos sistemas de Tycho e Copérnico, percebeu que a única forma de acabar com aquele erro era negar a órbita circular.

Mas por que era tão difícil negar o círculo?

Pense num círculo. Ele é uma figura geométrica especial. Todos os seus pontos estão à mesma distância de seu centro. Equilíbrio total. O círculo não possui arestas. Você não acha que essa é a figura geométrica mais perfeita?

Desde a Antiguidade, o círculo era por suas características considerado uma figura geométrica perfeita. Como o céu era a morada de Deus, tudo o que lhe dizia respeito era perfeito. Assim, a Igreja apoiava as teorias que utilizavam o círculo para representar o movimento dos céus. Você pode imaginar a mudança que Kepler provocou com o simples ato de achatar o círculo?

Além da lei sobre a órbita dos planetas, Kepler propôs duas outras leis matemáticas para descrever como ocorre o movimento dos planetas, e toda pessoa que hoje se dedique ao estudo dos movimentos planetários irá entrar em contato com as *três leis* formuladas por Kepler. Essas leis, tão importantes no século XX, já tinham crédito na época de sua divulgação. Newton, por exemplo, desenvolveu seu estudo sobre a mecânica celeste baseando-se nelas.

Apesar do sucesso de suas três leis, Kepler não chegou a explicar, como era seu desejo, as causas físicas dos movimentos observados no céu. Não conseguiu explicar, por exemplo, o que fazia com que as órbitas planetárias fossem elípticas. Esse era um problema em aberto.

Questões científicas, aliadas ao ambiente cultural da época, tornavam algumas indagações fundamentais.

- O que faz com que os planetas tenham as trajetórias que são observadas?
- O que provoca a queda dos objetos próximos à superfície terrestre?
- Qual a ligação entre o movimento dos planetas e o dos corpos próximos à superfície da Terra?

Chegamos ao século XVII. Os europeus dessa época viveram num mundo de profundas mudanças religiosas. Mudanças como as provenientes do crescimento das cidades e do comércio já tinham se concretizado. No campo da ciência, pessoas como Galileu e Kepler já haviam questionado a autoridade das teorias defendidas pela Igreja e proposto novos modelos explicativos para o universo, mas, apesar das novas teorias, a ciência estava, como vimos, repleta de questões em aberto.

Isaac Newton (1642-1727) viveu com intensidade o século XVII. Para entender quem foi esse cientista, prosseguiremos nosso caminho com duas questões em mente:

- O trabalho de Isaac Newton sofreu influência de trabalhos de outros cientistas?
- Qual o impacto da obra de Newton na ciência e na sociedade daquela época?

CAPÍTULO 2

Deus disse: faça-se Newton

Antes mesmo de nascer, Newton ficou órfão de pai. Devido ao segundo casamento de sua mãe, seus avós maternos o criaram, o que pode ter sido determinante para sua carreira. Seu pai, cuja família não valorizava a educação escolar, era analfabeto. A família de sua mãe, entretanto, considerava positiva a educação escolar. Além desse fator, a proximidade de seu tio William Ayscough foi muito importante para seu futuro, já que este, por ter sido ordenado no clero da Igreja Anglicana, tinha uma excelente instrução.

Isaac Newton (1642-1727).

A REFORMA PROTESTANTE

Você já ouviu falar da Reforma? Na primeira metade do século XVI, Martinho Lutero, um monge agostiniano, questionou a Igreja Católica, rejeitando, entre outras coisas, as indulgências. Nessa época a Igreja, através das indulgências, trocava o perdão divino por mercadorias ou propriedades a ela ofertadas. No século XV, as indulgências tornaram-se um grande comércio.

Lutero submeteu suas ideias sobre os dogmas da Igreja a debate. Fundou, assim, a religião protestante. Rapidamente suas ideias tornaram-se bandeiras daqueles que não mais aceitavam os ensinamentos da Igreja.

Com Lutero, vemos crescer na Europa um movimento de rebelião contra a Igreja Católica. Isso desencadeou o surgimento de diversas correntes do protestantismo, como o calvinismo. Calvino negava a hierarquia imposta pela teologia antiga e colocava Deus na posição de Criador de um mundo que não necessitava de nenhuma ação externa para funcionar.

O rei da Inglaterra, para vencer a oposição do papa ao seu segundo casamento, utilizou o movimento desencadeado por Lutero e fundou a Igreja Reformada Anglicana.

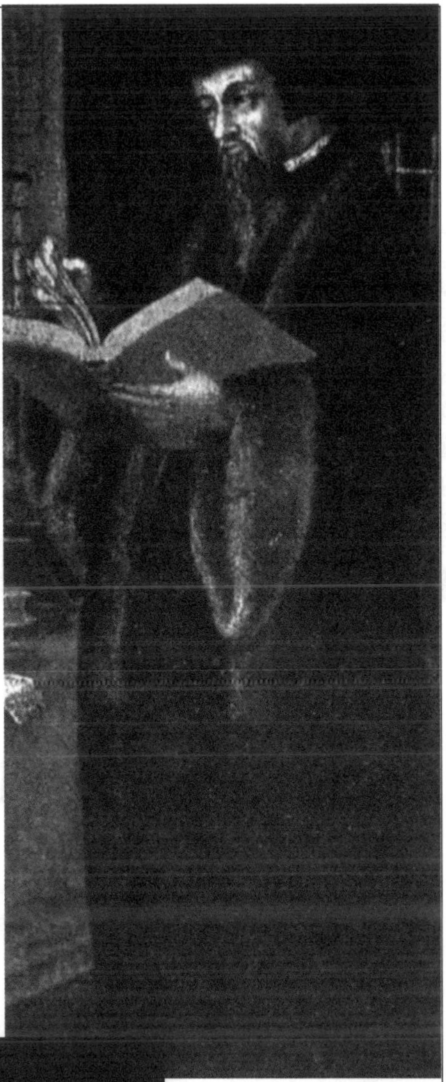

Jean Calvino, criador de uma das correntes religiosas que surgiram a partir da reforma protestante.

Martinho Lutero (no centro), monge agostiniano que questionou a Igreja Católica, fundando a religião protestante no século XVI.

Aos 18 anos, Newton foi enviado à Universidade de Cambridge. Apesar de sua família não ser pobre, ele, como muitos estudantes, prestou na universidade serviços a colegas e a seu tutor.

Universidade de Cambridge, onde Newton estudou, tornando-se catedrático aos 26 anos.

Naquela época os estudantes das universidades tinham tutores, que os orientavam sobre o que deviam estudar e sobre as obras que deviam ler.

Como era comum na época, Newton não estudara matemática no liceu (o liceu equivale a nossa escola secundária). Veja só, ele não teve que se preocupar, como você, com as provas de matemática na escola. Mas não pense que para Newton isso foi bom. Na universidade, ele precisou estudar muito para suprir sua deficiência em matemática. Graças à disciplina rigorosa com que tinha sido educado na sua antiga escola, conseguiu sem grandes problemas superar essa deficiência, tornando-se um grande físico e matemático. Em 1665, aos 23 anos, Isaac Newton completou seus estudos na universidade.

A Europa da época de Newton

Na segunda metade do século XVII, a Inglaterra e a Holanda eram os países que concentravam a maior parte da atividade comercial e manufatureira da Europa.

Os ingleses, particularmente, viviam um momento de significativo crescimento econômico. A fartura de mão de obra barata (consequência do declínio do feudalismo), o mercado de consumo em ascensão, a intensificação dos contatos com Portugal e suas colônias eram fatores que favoreciam o desenvolvimento da Inglaterra.

A roca mecânica (a famosa Jenny), inventada por James Hargreaves, possibilitou o aumento do ritmo de produção de tecidos na Inglaterra, pois a roda fazia girar vários fusos ao mesmo tempo.

As mudanças eram grandes. A manufatura e o comércio se desenvolviam. A lenha, o combustível da época, já não era suficiente. Novos combustíveis eram necessários. Inovações técnicas eram bem-vindas.

A Inglaterra, em expansão, trouxera ruína para a Itália e a Alemanha, os centros europeus econômicos e culturais mais importantes da época de Galileu e Kepler. As crises pelas quais passavam essas duas regiões ocasionaram a transferência de pessoas envolvidas com a ciência e com a técnica para a zona de prosperidade do momento: a Inglaterra.

Você pode imaginar o que os imigrantes italianos e alemães levaram para a Inglaterra?

Eles chegaram à ilha levando as inovações técnicas e artísticas do Renascimento. Proporcionaram à Inglaterra um momento cultural tão rico quanto aquele vivido por Galileu na Itália renascentista.

No entanto, existiam diferenças entre a Inglaterra do século XVII e a Itália da Renascença. Na Inglaterra, as mudanças não sofriam, como na Itália, a oposição da Igreja.

No ambiente religioso em que Galileu vivia, o padre era o único com plenos poderes para interpretar a Bíblia. Todo conhecimento que se pretendia livre dos ensinamentos religiosos era desprestigiado. Naquele contexto, só eram aceitas as ideias que passavam pelo crivo da Igreja. Galileu e muitos dos seus contemporâneos, por questionarem essa ordem, tiveram seus trabalhos condenados pela Inquisição. A Igreja considerou-os heréticos.

A Igreja dominante na Inglaterra era a Reformada Anglicana, que surgiu com a Reforma Protestante. A ciência emergente era vista com bons olhos pelo movimento da Reforma. Ao explicar a natureza sem utilizar os recursos da teologia antiga, a nova ciência mostrava que era possível pensar numa ordem diferente daquela defendida pela Igreja. Além disso, havia uma forte ligação entre os ensinamentos do protestantismo e a tese defendida pela ciência que estava sendo construída: a ideia de que a verdade sobre a natureza era acessível ao homem.

Nesse contexto, presenciamos debates sobre o universo, que mostram um novo olhar para a natureza.

Na Universidade de Cambridge, por exemplo, havia um grupo de estudiosos que acreditava ser possível explicar o homem e todo o universo considerando apenas a ação de corpos sobre corpos. Esse grupo tinha uma visão mecanicista do mundo, negava as explicações pautadas em substâncias espirituais. Para alguns desses cientistas, um corpo só podia sair do repouso se outro corpo atuasse sobre ele.

No século XVII, um grupo de estudiosos da Universidade de Cambridge acreditava que os movimentos dos corpos não poderiam ser espontâneos.

Em Cambridge havia também os que rejeitavam as teses mecanicistas para explicar o universo. Acreditavam, ao contrário, na existência de um espírito criador e motor da natureza. Defendiam a realidade e a eternidade das substâncias espirituais. Para eles, existia um "espírito" da natureza, que seria o responsável pela origem e "sustentação" do universo. O espaço, para esse grupo de estudiosos, não era apenas o local ocupado pelos corpos, mas uma substância espiritual que teria os atributos de Deus, como perfeição, eternidade, etc.

As academias de ciências

Apesar de debates importantes estarem ocorrendo na universidade, ela não era o único local de debates científicos. Ao longo do século XVII, foram criadas em diversos países europeus as academias científicas.

Frontispício do livro *História da Royal Society de Londres para o desenvolvimento do conhecimento natural*, de Thomas Sprat, 1667.

Gravura pertencente ao Museu de Ciências de Londres mostrando o trabalho de observação e experimentação controladas de pesquisadores do século XVII.

Você sabe o que representa uma academia?

Não chamamos de academia apenas o local em que se pratica ginástica. Uma academia é um espaço onde as pessoas se reúnem com um objetivo comum. Nas academias de ginástica, elas reúnem-se para fazer ginástica, musculação, etc. Nas academias científicas, o objetivo da reunião é a discussão de assuntos da ciência ou outras questões culturais do momento.

Os cientistas se reuniam nas academias com o propósito de intensificar a divulgação dos estudos realizados e de financiar trabalhos nas áreas consideradas por eles prioritárias. A academia científica inglesa, a Royal Society, reunia os cientistas mais progressistas e famosos daquele país, como, por exemplo, Isaac Newton. A Royal Society foi fundamental para o desenvolvimento da ciência na Inglaterra, tendo sido, inclusive, a responsável pela publicação do primeiro artigo de Newton, no ano de 1672.

Muitas das academias científicas tinham também a preocupação de excluir as discussões filosóficas do âmbito da ciência. Só eram considerados científicos os conhecimentos com aplicação prática. O objetivo era incentivar o estudo de problemas técnicos centrais para o momento, como os relacionados à hidráulica, à artilharia e à navegação. Nesse sentido, essas academias representavam um espaço "revolucionário". Elas permitiam tanto as discussões de novos temas, quanto o surgimento de "novas ideias" sobre assuntos já debatidos em outras épocas.

Vivendo nesse ambiente de debate e transformação, Newton dedicou sua vida à busca de um entendimento completo do universo. Para chegar a isso, não se restringiu ao estudo da física, pois acreditava que muitas das "verdades" seriam reveladas por estudos de história das religiões, alquimia, teologia, etc.

CAPÍTULO 3

E tudo foi luz

Isaac Newton escreveu duas grandes obras: *Philosophiae naturalis principia mathematica (Princípios matemáticos da filosofia natural)* em 1687 e *Opticks (Óptica)* em 1704. Essas duas obras diferenciam-se não só pelos conteúdos estudados, como também pela forma de abordagem. Nos *Principia*, Newton procurou estudar o movimento dos corpos celestes e terrestres. Em *Opticks*, os objetos de estudo foram, como o próprio nome indica, os fenômenos ópticos e a natureza da luz. Os *Principia* possuem uma estrutura com forte base matemática, com princípios teórios, leis, etc. Já em *Opticks*, Newton privilegiou a abordagem experimental.

A principal obra de Newton, os *Principia.*

Além de estudar os movimentos, Newton procurou compreender a natureza da luz.

Esses dois livros formam uma obra muito ampla. Nos *Principia*, Newton apresenta a base da mecânica clássica, e muito daquilo que é exposto ali serve à compreensão dos conceitos apresentados em *Opticks*. Por isso optamos, como fio condutor, nesta visita à obra de Newton, pelas ideias expostas nos *Principia*.

Começaremos nossa análise pelo prefácio dos *Principia*.

O prefácio de um livro é uma das partes mais importantes da obra. É nessa parte que o autor apresenta um panorama do conteúdo, ressaltando os pontos mais importantes a serem discutidos. (Nunca despreze o prefácio de um livro; leia-o com muita calma.)

Logo no início, encontramos a afirmação de que a mecânica dos antigos estudiosos era imperfeita. Segundo Newton, o erro não estava na mecânica em si, mas nos que com ela trabalhavam: *os artífices*.

Os artífices eram as pessoas que construíam os artefatos técnicos. Hoje existem os engenheiros, os técnicos, os operários que constroem os nossos produtos tecnológicos. Eles são diferentes dos artífices criticados por Newton. Aqueles homens não procuravam uma escola para aprender seu saber, nem trabalhavam em fábricas, como as nossas, onde cada um realiza uma tarefa específica, sem a necessidade de saber como se faz o produto inteiro que está ajudando a construir.

Na Idade Média, os artífices se organizavam em corporações de ofício, formadas por mestres, oficiais e aprendizes. Os mestres eram os mais experientes, em geral pessoas mais velhas. Era através da aprendizagem com eles que os aprendizes passavam a oficiais. Os oficiais, apesar de não terem o saber do mestre, dominavam aquilo que faziam. A produção era sempre acompanhada por todos — aprendizes, oficiais e mestres —, desde a preparação da ma-

Oficina de artífices do século XVII.

téria-prima até o acabamento final dos produtos.

Mas por que Newton criticava esses artífices?

Segundo Newton, eles não utilizavam a matemática em seus trabalhos, ignorando o fato de a mecânica possuir linhas e círculos perfeitos, tratados na geometria.

Ainda no prefácio dos *Principia*, encontramos a afirmação de que todos os fenômenos da natureza possuem a mesma causa: forças agindo sobre os corpos. Para Newton, existiam apenas cinco tipos de forças naturais, a partir das quais todos os fenômenos podiam ser compreendidos. Com essas afirmações construiu uma explicação para o universo.

Mas não foi muita pretensão de Newton afirmar que o universo é tão simples que pode ser explicado única e exclusivamente através de cinco forças?

Essa não era uma proposição exclusivamente de Newton. No século XVII, encontramos outros pensadores europeus preocupados em construir um conhecimento objetivo, claro e seguro a respeito do universo, que garantisse a simplicidade da natureza.

Você acredita que o universo seja simples?

O sistema do mundo

A obra *Philosophiae naturalis principia mathematica* foi dividida em três livros. O livro III merece atenção especial. Nele, Newton aplicou os estudos desenvolvidos nos livros I e II sobre a relação entre forças e movimentos, para o caso dos corpos celestes.

Antes de iniciar a discussão sobre os movimentos dos planetas, satélites, etc., ele apresentou um conjunto de considerações a respeito de como deve se desenvolver o trabalho científico. Esse conjunto de considerações recebeu o nome de "Regras de raciocínio em filosofia".

Veja! O nome "Regras de raciocínio em filosofia" tem um significado. As regras de um jogo são os passos que os jogadores devem obedecer ao longo do jogo para que a partida tenha sucesso. Algo parecido ocorre aqui. As "Regras de raciocínio em filosofia" devem ser seguidas por aqueles que fazem ciência. Para Newton, se elas fossem obedecidas, os cientistas teriam sempre sucesso em seu trabalho.

Essas regras mostram a visão de Newton a respeito da natureza e da ciência. Elas são tão importantes quanto as três leis de Newton sobre o movimento, que estudamos nos cursos de física no ensino médio. Antes de conhecer essas regras de raciocínio, vamos discutir alguns detalhes sobre as tão famosas leis do movimento.

As três leis de Newton

As três leis sobre o movimento foram apresentadas na parte dos *Principia* intitulada "Axiomas ou Leis do movimento".

Nem todas as considerações dessa parte dos *Principia* são estudos inéditos de Newton. Por exemplo, Galileu Galilei já havia estudado o que hoje conhecemos por Lei da Inércia ou Primeira lei de Newton.

Para Galileu, um corpo em movimento com velocidade constante permaneceria nessa situação caso não atuasse sobre ele qualquer força, ou se o somatório das forças fosse igual a zero. O corpo, assim, movimentaria-se indefinidamente sobre uma trajetória circular. A proposta de Galileu difere um pouco da de Newton, o qual afirmava que, se a força resultante sobre um corpo é zero, este pode estar ou em repouso ou em movimento, em linha reta, com velocidade constante.

A formulação da Lei da Inércia, proposta por pensadores antes de Newton, era difícil de ser amplamente aceita no mundo medieval. Para admitir a inércia, foi necessário um olhar sobre a natureza completamente distinto do medieval.

A concepção de espaço

Para o homem medieval, o espaço era hierarquizado e finito. O céu era um local perfeito, a morada de Deus; a Terra era o ambiente dos acontecimentos imperfeitos, corruptos. Na Terra, as coisas não eram eternas, todos os acontecimentos tinham início, meio e fim. A pintura nos permite visualizar como o espaço era percebido e organizado pelo homem medieval. Observe abaixo uma iluminura do início da Idade Média.

Perceba que os elementos dessa pintura — o castelo, as pessoas — são apresentados todos juntos, num mesmo plano. Não há ideia de profundidade. Essa pintura ilustra muito bem como na época se enxergava o espaço, ou seja, hierarquizado e finito. O tamanho dos elementos representados não dependia da sua localização espacial, mas do papel que exerciam na sociedade. A relação entre o tamanho do castelo e o das pessoas não obedecia ao que era observado no dia a dia. Perceba que as pessoas retratadas possuem tamanhos diferentes. As maiores são aquelas que possuem um lugar de destaque na sociedade. Um senhor feudal tinha necessariamente maior tamanho que um servo. Não havia continuidade entre a representação do céu e da Terra. O céu era completamente destacado. O espaço não era homogêneo.

***Entrada em Jerusalém*, de Pietro Lorenzetti (por volta de 1280-1348).**

No final da Idade Média, a Europa sofreu profundas mudanças sociais e técnicas, e as pessoas dessa época passaram a sentir e imaginar as estruturas de sua sociedade de forma diferente de até então. A popularização da matemática, que aconteceu com a intensificação do comércio, também possibilitava

de perceber o mundo. Tudo isso fez com que os artistas, e em especial os pintores, passassem a representar o espaço geometricamente, não mais respeitando os critérios medievais.

Madona do chanceler Rolin (c.1432), de Jan van Eyck.

Nesse quadro de Van Eyck, do século XIV, o espaço tem uma representação distinta daquela feita no início da Idade Média. O tamanho dos elementos não mais respeita a hierarquia social, estando agora diretamente ligado ao lugar do espaço ocupado pelo elemento. Além disso, o espaço é homogêneo, sem distinção entre céu e Terra. Há ideia de profundidade nessa pintura. Veja! O rio representado nela parece não ter fim. Observando quadros como esse, por que não pensar que o espaço seja infinito?

Nessa nova visão de espaço, a Lei da Inércia não é algo absurdo. Se o espaço é uniforme e pode ser pensado como infinito, é permitido imaginar que um corpo pode movimentar-se nele de forma também uniforme, com velocidade constante.

As leis do movimento

A grande novidade de Newton ao enunciar as três leis do movimento nos *Principia* foi associá-las e torná-las uma base para o estudo do movimento dos corpos.

Apresentaremos aqui o enunciado dessas leis, mas, no livro de Newton, o encontraremos em uma linguagem diferente, porque seu livro era destinado a um pequeno público da época, àqueles iniciados em ciência.

Primeira lei

Toda partícula continua em seu estado de repouso ou de movimento uniforme em linha reta, quando a força resultante sobre ela for igual a zero.

Segunda lei

A força resultante sobre uma partícula é proporcional a sua aceleração e tem a mesma direção dessa.

Terceira lei

Todo corpo, ao agir sobre outro, recebe deste último uma reação de mesma direção e valor, porém em sentido oposto.

As **regras de raciocínio** em filosofia

Regra 1

O universo é simples; explicações complexas a seu respeito não são satisfatórias.

Respeitando essa "regra", diremos: as teorias que descrevem ou explicam o comportamento da natureza devem ser sempre simples e diretas. Todo cientista que deseja realizar um trabalho satisfatório deve em suas pesquisas introduzir apenas as *hipóteses necessárias*.

Hipóteses, como assim?

Pense num detetive. Antes de iniciar a investigação de um crime, ele faz diversas considerações sobre os motivos daquele acontecimento. Ele pensa na possibilidade de suicídio, assassinato devido a roubo, vingança, etc. Todas as possibilidades são *hipóteses* sobre aquele crime.

Na ciência ocorre algo parecido. Os cientistas levantam hipóteses sobre o comportamento ou sobre o que provoca determinado comportamento na natureza. Por exemplo, Kepler, ao estudar o movimento planetário, trabalhou vários anos com a *hipótese* de que os planetas giravam em órbitas circulares em torno do Sol.

Regra 2

A efeitos similares devemos sempre atribuir causas idênticas.

Se desprezarmos essa regra, estaremos atribuindo uma causa diferente para cada fenômeno que ocorre ao nosso redor. Nenhum novo acontecimento será comparável com os fenômenos já conhecidos. Para cada caso, devemos pensar numa explicação e numa teoria diferentes. E, assim, teremos uma ciência baseada em um número muito grande de "leis". Não poderemos prever acontecimentos futuros, nem construir aparatos técnicos baseados nas teorias e fatos conhecidos.

O que você acha? Acreditando que acontecimentos semelhantes não possuem a mesma explicação, o homem teria conseguido construir a ciência e a tecnologia que hoje conhecemos?

Mas, seguindo essas duas regras de raciocínio, como procederíamos se fôssemos um cientista investigando a queda de corpos próximo à superfície de Júpiter?

Quando estudamos o movimento de uma pedra abandonada próximo à superfície da Terra, verificamos que este é um movimento acelerado. Explicamos esse fenômeno afirmando que a força gravitacional existente entre a pedra e a Terra é o agente responsável pela aceleração adquirida por esse corpo. E para o caso de Júpiter?

Seguindo os conselhos de Newton, diremos que, ao largarmos a pedra próximo à superfície de Júpiter, o corpo adquirirá uma aceleração provocada pela ação da força gravitacional que existe entre tal corpo e o planeta Júpiter.

O mais surpreendente é que para chegarmos a essa conclusão não é preciso irmos a Júpiter. Como os efeitos são similares (em ambos os casos temos corpos próximos à superfície de planetas), a causa é única. Logo, a lei que descreve e explica o movimento do corpo na Terra será idêntica

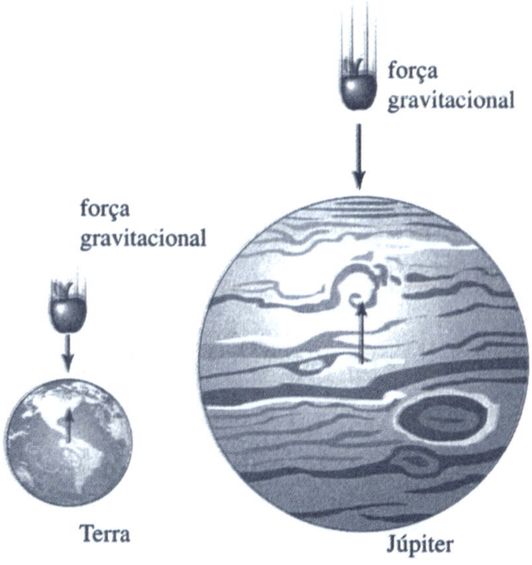

àquela que descreve e explica o movimento do corpo em Júpiter ou em qualquer outro planeta.

Regra 3

Proposições comuns aos corpos conhecidos devem ser aplicadas para todos os corpos.

Todos os objetos que vemos a nossa volta possuem massa. Segundo Newton, esse nosso conhecimento deve ser estendido a todos os corpos sem exceção. Essa afirmação vale, inclusive, para os objetos que se encontram fora de nosso alcance, como aqueles situados na região celeste. Logo, não precisamos "pesar" os planetas, satélites, etc., para concluir que eles possuem massa.

Regra 4

Sobre um acontecimento, as considerações e as hipóteses baseadas em observações ou experimentações devem ser aceitas em detrimento de quaisquer outras não baseadas em experiências.

Considerando as "Regras de raciocínio em filosofia", Newton continua o livro III apresentando suas conclusões sobre o movimento dos corpos celestes. Essas conclusões estavam, também, baseadas nas suas famosas três leis do movimento e nas Leis de Kepler.

A Lei da Gravitação Universal

Como vimos, apesar do sucesso de suas leis, Kepler deixara questões em aberto sobre o que provocava os movimentos observados no céu. Newton, conhecendo esse limite, trabalhou com a intenção de explicar as causas dos efeitos registrados nessas leis.

Ele, então, atribuiu a uma força gravitacional existente entre os corpos celestes a causa dos efeitos registrados por Kepler. Porém não se contentou com essa atribuição. Buscou uma relação matemática que permitisse calcular essa força. Essa relação é hoje conhecida como **Lei da Gravitação Universal.**

Respeitando as "Regras de raciocínio em filosofia", Newton garantiu a universalidade da Lei da Gravitação, afirmando que *quaisquer corpos relativamente próximos entre si deveriam atrair-se com uma força de natureza gravitacional. A força gravitacional em qualquer caso dependeria apenas das massas dos corpos envolvidos e da distância entre eles.*

Paremos um pouco nossa viagem para refletirmos sobre essa lei. Todos os corpos sofrem, segundo Newton, atração mútua. Existe uma atração do tipo gravitacional entre você e a Terra. E entre este livro e a Terra.

Uma pessoa atraindo a Terra? Sim, e por mais incrível que possa parecer existe uma atração gravitacional entre este livro e você. Apesar de não termos nenhuma percepção dessa atração.

Segundo Newton, os corpos se atraem mutuamente.

Newton, no século XVII, defendeu com muita determinação essa tese. Vejamos o seguinte! Os planetas, o Sol e a Lua já não eram considerados corpos divinos, certo? Então, por que procurar leis especiais para explicar seus comportamentos? Já não havia mais motivos para leis especiais. Logo, as leis deviam ser estendidas a todos os corpos. E, assim, Newton defendeu que todo corpo de massa diferente de zero sofre uma atração similar a dos corpos celestes.

Isaac Newton sintetizou o que vários outros cientistas haviam tentado demonstrar em seus trabalhos. Ele unificou com sucesso a física celeste e a terrestre. Baseando-se apenas na atuação de forças entre corpos, construiu um conjunto teórico simples, claro e objetivo para explicar os movimentos dos diferentes corpos em diversas situações.

O sucesso da atração gravitacional

William Herschel, um astrônomo do século XVIII, construiu telescópios de reflexão de qualidade superior aos construídos pelos fabricantes profissionais da época. Com seu telescópio, observou cuidadosamente o céu, anotando sempre os resultados. Em 1781, verificou a presença de uma curiosa estrela no céu. Análises suas e de outros astrônomos mostraram que a tal estrela era um planeta.

Todos os outros planetas já eram conhecidos desde a Antiguidade. Herschel trouxe, assim, uma grande novidade para a astronomia: mostrou que o sistema solar era maior do que se acreditava havia séculos. Os cientistas se empolgaram com a descoberta do novo planeta, que recebeu o nome de Urano. Baseando-se na Lei da Gravitação Universal, os astrônomos determinaram a órbita do novo planeta.

A descoberta de Urano contribuía com a tese de que o sistema solar ainda não tinha sido todo descoberto. A partir de 1840, vários astrônomos se convenceram de que a órbita de Urano não se adaptava àquela prevista pela Lei da Gravitação Universal. Mas como, para esses astrônomos, a teoria de Newton estava absolutamente correta, eles optaram pela defesa de que existiria um outro planeta mais distante do Sol do que Urano que explicaria a distorção observada. Um matemático inglês, John Couch Adams, e um astrônomo e matemático francês, Urbain Le Verrier, buscaram

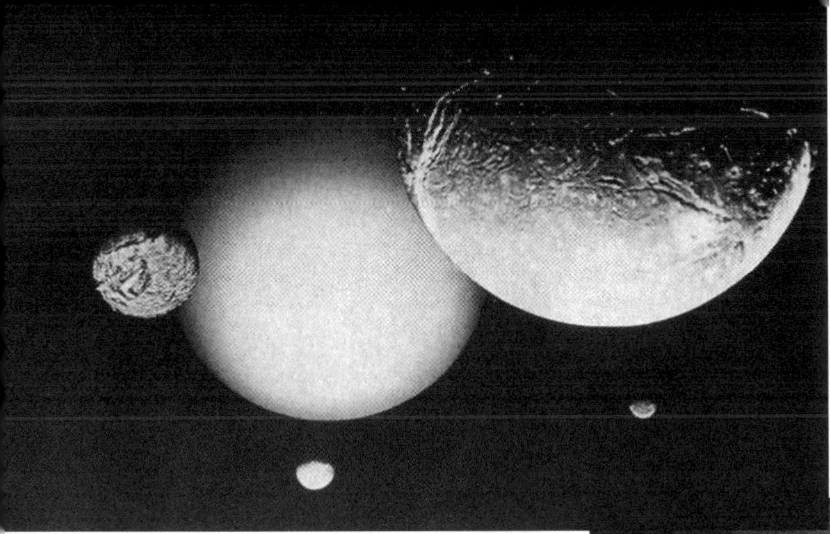

Urano, planeta descoberto através do telescópio, em 1781, por William Herschel.

separadamente, através de cálculos, prever a posição do novo planeta. Ambos marcaram a mesma região no céu. Ao posicionarem seus telescópios para o local indicado, os astrônomos descobriram o novo planeta, que recebeu o nome de Netuno.

Assim como aconteceu com Urano, a órbita prevista para Netuno era diferente da observada no céu. Novamente os cientistas confiaram em Newton. Avaliaram que um novo planeta ainda desconhecido causava a perturbação observada. Em 1930, o planeta esperado foi descoberto. Esse planeta ficou conhecido como Plutão.

Netuno, cuja existência foi prevista através de cálculos matématicos baseados na Lei da Gravitação Universal, de Newton.

Plutão, o planeta mais distante do Sol, foi o último a ser descoberto, em 1930. Sua existência também foi prevista com base nas leis de Newton.

CAPÍTULO 4

Oposição a Newton

no século XVII

Mesmo respondendo satisfatoriamente a questões fundamentais para a época, Newton sofreu oposição de alguns cientistas europeus do século XVII.

Um dos grandes opositores foi o filósofo e matemático alemão Gottfried Wilhelm Leibniz (1646-1716). Esse cientista procurava em seus trabalhos uma explicação matemática para o universo. Ele criou um método de cálculo que consistia em dividir o que se estava estudando em partes infinitesimais. Leibniz propunha, então, analisar o problema através do estudo dessas partes muito pequenas. Apesar da divergência de pensamento entre Newton e Leibniz, Newton construiu um método de cálculo idêntico ao de Leibniz, sem que um tivesse conhecimento do resultado dos estudos do outro. Isso fez com que esses dois cientistas disputassem por vários anos a honra da invenção desse método, que foi muito importante para o desenvolvimento da matemática.

Newton utilizou esse método de cálculo em seus estudos. Sem isso não teria conseguido obter os resultados apresentados nos *Principia*.

Newton e Leibniz não se enfrentaram apenas nas questões matemáticas. Leibniz rejeitava a Lei da Gravitação Universal. Ele, como muitos outros cientistas, não aceitava a ideia de que entre dois corpos houvesse atração mútua sem que existisse um elemento material entre eles, capaz de transmitir a atração.

Wilhelm Leibniz, opondo-se a Newton, afirmava que, se dois corpos se atraem, alguma coisa deve existir entre eles.

Você já pensou nisso? A ideia de que quaisquer corpos de massa diferente de zero atraem-se sem que nada material seja responsável pela transmissão dessa atração não é algo tão fácil de aceitar. Se você esquecer um pouco o sucesso da Lei da Gravitação Universal, irá com certeza achar muito estranho que a Lua sofra uma força de atração do tipo gravitacional da Terra, sem que nada exista entre elas.

Newton não explicitou nos *Principia* como a atração mútua entre os corpos ocorria e o que a transmitia. Para os críticos, essa falta de explicação era inconcebível. Como podia uma obra, que se pretendia tão abrangente, não conter explicações a respeito de como ocorriam esses fenômenos?

O éter

Os adeptos da teoria newtoniana se esforçaram para responder aos críticos de Newton construindo explicações para o problema da ação a distância evidenciado pela Lei da Gravitação Universal.

A grande maioria optou por preencher o espaço vazio entre os corpos com uma substância, que seria responsável pela transmissão da força gravitacional. Essa substância foi chamada de *éter*. Não confunda este éter com aquela substância que os químicos e biólogos tanto utilizam em seus laboratórios.

Para se pensar no espaço preenchido pelo éter, era importante que essa nova matéria não contrariasse os acontecimentos do dia a dia. Por exemplo, assim como o ar, o éter seria obrigatoriamente invisível.

No dia a dia, observamos que os corpos se movimentam sem grandes problemas na superfície da Terra. Também sem grandes problemas, corpos como os pássaros sobrevoam a Terra. O éter não poderia mudar essa situação. Não era pelo fato de se ter chegado à conclusão de que o espaço estava todo preenchido que os movimentos até então observados mudavam. Logo, para ser coerente com os acontecimentos diários, o éter precisava ser rarefeito.

Outra característica importante do éter era ser homogêneo, isto é, ter as mesmas características em todas as partes. As coisas no universo não estão paradas. Se o éter mudasse ao longo do espaço, um mesmo acontecimento poderia ser diferente na Itália e na Inglaterra. Isso era tanto contrário às observações do cotidiano, quanto contrário às "Regras de raciocínio em filosofia" apresentadas por Newton.

Mas a hipótese de uma substância etérea preenchendo todo o espaço, apesar de ter muitos adeptos na época, trazia complicações. Como aceitar que todo o universo estava preenchido com algo *material*?

Conceber o éter não foi uma tarefa fácil. Defendê-lo, menos ainda. Mesmo com todos os seus problemas, essa hipótese permaneceu na Física até o início do século XX, quando Albert Einstein, com sua teoria da Relatividade Espacial, a eliminou por completo.

A hipótese do éter não estava pautada em experiências. Como pôde Newton aceitá-la?

Newton defendia que, se temos duas hipóteses, aquela baseada em experiências deve ser a preferida. Porém nem todas as hipóteses podiam ser escolhidas em função da experimentação. O éter é só um exemplo. Newton acreditava que o tempo e o espaço tinham uma existência real, independente dos acontecimentos e dos corpos. Por isso afirmava que o espaço e o tempo eram absolutos, ou melhor, as formas do espaço e do tempo não eram relativas, não sofriam alterações de acordo com os acontecimentos naturais. Independente de qualquer coisa, o tempo sempre fluía e o espaço era sempre homogêneo e eterno.

Para Newton, o espaço absoluto representava "os sentidos de Deus" (*Sensorium Dei*). Dessa forma, Deus estava presente em todas as partes do universo e agia sobre ele segundo sua vontade. Para a Física de Newton, Deus não era uma hipótese, mas uma realidade.

Newton, o alquimista

Durante os 25 anos em que elaborou os seus mais importantes trabalhos de Física e Matemática, Newton dedicou-se a estudos sobre alquimia e religião.

A universidade em que trabalhava, Cambridge, era um local com tradição alquímica. No período de 1650 a 1670, havia um grupo de estudiosos nessa universidade muito interessado no assunto. São dessa época os primeiros trabalhos alquímicos experimentais de Newton.

Os alquimistas buscavam entender a essência das substâncias. Estudavam como era possível transformar uma substância em outra. Baseavam-se sempre em observações e experiências.

Buscando a compreensão sobre a natureza das transformações, os alquimistas realizavam experiências e observações.

NOSSO TEMPO

ALQUIMIA, O QUE É ISSO?

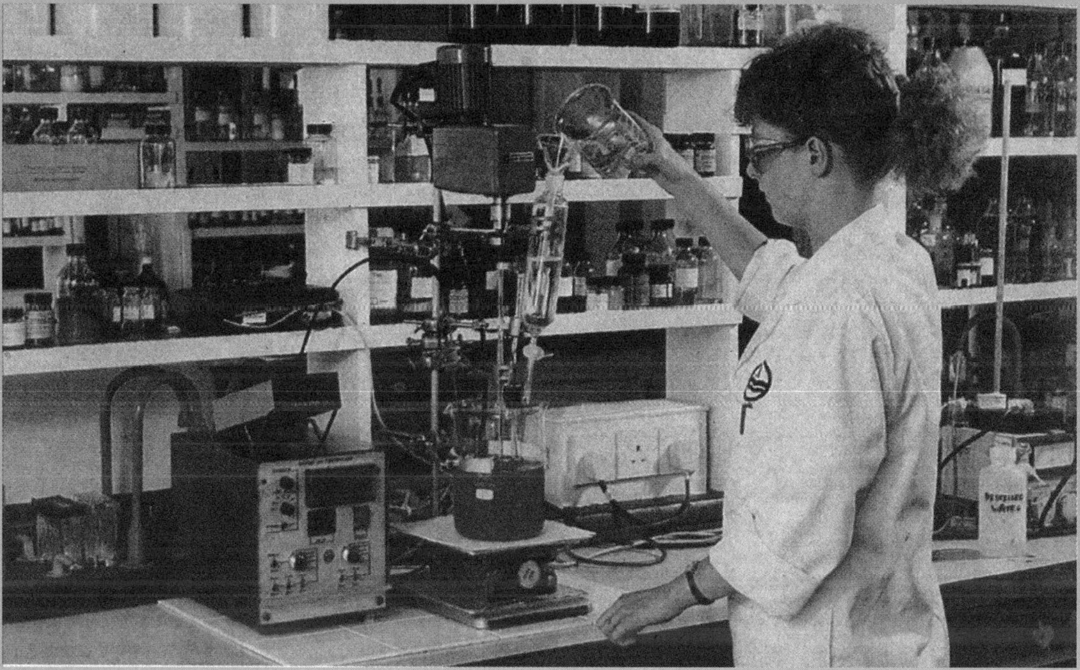

Na ciência moderna, as ideias deixadas pelos alquimistas não são consideradas.

Hoje, ao ouvirmos a palavra alquimia, *lembramos de coisas esotéricas, de assuntos desprezados no trabalho científico. Nos grandes centros de pesquisa de nosso tempo, esse é um saber desvalorizado, ou melhor, não se consideram os resultados da alquimia nos estudos de física. Ela não traz hoje verdades científicas sobre o universo.*

Havia, porém, uma certa ligação entre investigações alquímicas e físicas. Por exemplo, a palavra harmonia *era um termo comum aos cientistas e aos alquimistas. Muitos alquimistas defendiam que o universo possuía uma ordem e tinha harmonia, assim como a música. Além disso, as coisas do universo estavam todas relacionadas. Para melhor compreendermos isso, vamos tomar o exemplo de um alquimista do século XV, com cujas obras Newton teve contato. Esse alquimista, Basilius Valentinus, acreditava que na natureza todas as coisas se correspondiam. Para ele, cada planeta correspondia a um metal e a uma nota da escala musical. Essa ideia teve grandes implicações para a física, e particularmente para a Física de Newton.*

Talvez você esteja achando confusa toda essa ligação entre física e alquimia. Afinal, a primeira é científica e a segunda, esotérica. Antes de tirar conclusões precipitadas lembre-se das "Regras de raciocínio em filosofia", representantes do pensamento de Newton. Nelas percebemos que toda a proposta new-

toniana está baseada na ideia de um universo simples e harmônico, um universo cujo funcionamento é descrito e explicado através de teorias simples, matemáticas e abrangentes.

Para Newton, a alquimia, a religião, a física e a matemática eram assuntos que estavam interligados. Ele acreditava numa ordem do sistema do mundo criada por um Ser pensante e inteligente, que estava sempre presente em tudo. O universo rico e harmônico era um enigma elaborado por Deus por sua livre e espontânea vontade. Assim como o alquimista Valentinus, Newton acreditava na harmonia do universo.

O homem tinha, segundo Newton, o dever de buscar entender a ordem do universo imposta à natureza pelo Criador. Newton acreditava que sua missão era descobrir tais mistérios, e que para isso era importante aprender com os antigos os sinais místicos que Deus colocara no universo.

Quadro pintado por Joanes Stratensis Flandrus, em 1570, representando um laboratório de alquimia.

Nos últimos tempos em que trabalhou em Cambridge, a física e a matemática não eram mais a sua principal preocupação. A alquimia e a religião lhe ocupavam a maior parte do tempo, o que parece não ter agradado a seus colegas. Alguns de seus amigos não viam com bons olhos um "Newton místico". Por esse motivo, ele sofreu pressões de algumas pessoas para deixar Cambridge. O certo é que, após sair da universidade, dedicou-se apenas a questões administrativas e burocráticas. Passou a representar Cambridge junto ao Parlamento inglês e a exercer a função de Representante do Rei, como Controlador da Casa da Moeda.

Isaac Newton tinha o projeto de desvendar os mistérios da natureza possíveis de se revelarem ao homem. Para entender um pouco desse universo, estudou física, matemática, religião, alquimia. Acreditava que só a união dos conhecimentos dessas áreas permitiria a realização de sua tarefa. Desvendar os "segredos" do universo era um dos projetos mais importantes daquela época, porém muitos acreditavam que as leis que regiam os fenômenos da natureza estavam escritas apenas numa linguagem objetiva e clara como a matemática, e por isso somente os estudos de física e matemática seriam importantes para conhecer a natureza.

O que hoje estudamos nas escolas como obra de Newton é resultado da "leitura", isto é, da interpretação feita, principalmente a partir do século XVIII, de seus estudos. Essa "leitura" caminhou ao longo da história e chegou aos livros didáticos.

CAPÍTULO 5

O iluminismo e os newtonianos do século XVIII

Isaac Newton formulou suas teorias utilizando tanto experimentos e observações, quanto ideias já trabalhadas por outros cientistas. Sua obra representa uma grande síntese das teses formuladas por filósofos naturais anteriores e contemporâneos a ele.

Newton concretizou o desejo de grande parte dos filósofos naturais de sua época: unificar as físicas celeste e terrestre. As leis utilizadas para explicar os movimentos observados no céu passaram a ser idênticas àquelas que explicavam os movimentos observados na Terra.

Com Newton, os movimentos celestes tiveram uma explicação tão racional quanto os dos corpos da Terra. Vejamos um exemplo.

Edmond Halley, um astrônomo inglês da época de Newton, aplicou a física newtoniana ao estudo dos cometas. Associou a aparição de cometas que ocorreu em 1531 e 1607 à de 1682, afirmando que se tratava do mesmo cometa. Utilizando a Lei da Gravitação Universal, previu para 1758 uma nova aparição. Com um pequeno erro de dias, o tal cometa reapareceu. Em homenagem a Halley, esse astro foi batizado de "cometa de Halley". Com essa utilização das leis de Newton, Halley marcou o primeiro grande triunfo da física newtoniana.

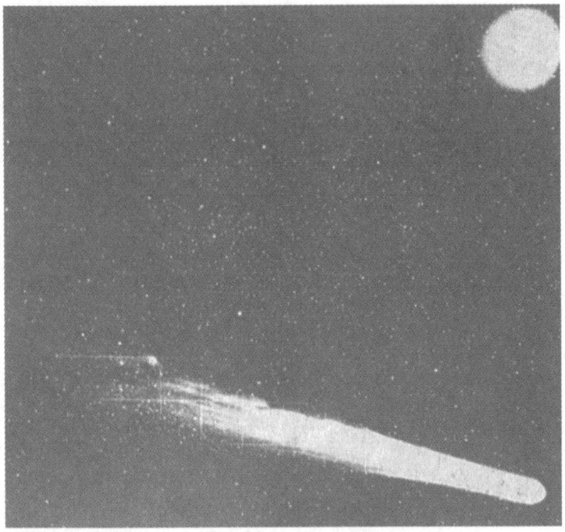

Cometa de Halley. Suas aparições foram previstas com a utilização das leis de Newton.

A unificação da física celeste e terrestre foi um acontecimento muito especial. Pense bem nesta questão: será que os homens estariam hoje construindo naves espaciais para explorar o sistema solar se, ao longo de sua história, não tivessem abandonado a ideia de que o céu é a morada de Deus e um local repleto de corpos divinos?

Provavelmente, se os planetas, os cometas e os satélites (como a Lua) continuassem sendo vistos como na Idade Média, os homens não teriam nem pensado na possibilidade de sair da Terra. "Ora — raciocinariam eles —, se o céu é a morada de Deus, ele é inalcançável para nós. Como podemos pensar em construir uma nave para viajar no espaço? Lá só os seres divinos podem chegar."

A unificação da física celeste e terrestre abriu caminhos para as viagens espaciais.

Para explorar o sistema solar, o homem precisou abandonar certezas antigas e estabelecer uma nova relação com a natureza. Foi necessário percebê-la como um local que podemos e devemos modificar.

Tradição

Você já deve ter escutado expressões do tipo: "Você é muito tradicional!", ou "Não seja tradicional!". Ser tradicional significa seguir regras existentes há muito tempo. No século XVIII havia pessoas que desejavam derrubar a tradição, que não mais aceitavam submeter as teorias sobre o universo às normas estabelecidas pela Igreja. Elas acreditavam que era possível construir uma explicação para o universo sem recorrer a argumentos teológicos, com base em observações e experiências. Ao comparar o céu à Terra, a obra de Newton atraiu os que desejavam derrubar a tradição.

Newton explicava satisfatoriamente, com leis matemáticas e experimentais, fenômenos celestes e terrestres até então observados, e por isso seu trabalho foi considerado o caminho da "Verdade" por um grupo de filósofos europeus do século XVIII. Ao longo do século esse grupo de filósofos dedicou a vida a defender e divulgar as ideias dos *Principia* e de *Opticks*. Foram por isso chamados de *newtonianos*.

A França foi um dos locais onde mais intensa e rapidamente penetraram as teses newtonianas. A física newtoniana foi adotada nesse país por alguns pensadores que desejavam afastar falsas crenças e libertar os homens de suas fantasias e medos. Nesse grupo encontravam-se filósofos como o francês Voltaire, defensor da filosofia iluminista.

O valor da razão

O projeto iluminista era construir uma sociedade com base exclusivamente na razão. Os iluministas desafiavam a tradição e a autoridade. Defendiam o progresso do conhecimento e a liberdade de pensamento. Para eles, só o verdadeiro conhecimento da natureza, obtido pela ciência matemática e experimental, podia fornecer a liberdade desejada.

A construção de uma nova sociedade mexe com o dia a dia das pessoas. Para tornar possível a sua existência, é preciso abandonar crenças antigas e defender verdades antes não aceitas. Isso não é muito fácil. Por isso, para concretizar seu projeto, os iluministas precisavam fazer com que grande parte dos homens acreditasse na razão como elemento capaz de trazer felicidade, e divulgar as novas descobertas e as novas teorias era um caminho para essa transformação de mentalidade. O newtonianismo, ao explicar o funcionamento do universo por leis que excluíam o milagre, confirmava as teses iluministas da superioridade da razão e vinha colaborar como seu aliado.

O filósofo Voltaire (1694-1778) teve grande importância na divulgação das ideias de Newton.

Voltaire, mesmo sem ter grandes conhecimentos de matemática, estudou intensamente a obra de Newton. Ele foi um dos que defenderam o newtonianismo como um aliado da causa iluminista. Para ele, era importante pôr a nova ciência ao alcance dos que se encontravam longe das academias científicas. Por isso a filosofia e a literatura precisavam trabalhar na difusão das teses newtonianas, ou melhor, da *philosophia naturalis*.

Em 1738, Voltaire publicou *Elementos da filosofia de Newton*. Nesse livro, defendeu que a metafísica e a física newtonianas eram as portadoras da verdade. De maneira muito clara e didática, apresentou, sem utilizar a linguagem específica do mundo da ciência, as teses de Newton. Conhecedor do debate científico de sua época, fez essa apresentação contrastando o sistema de mundo de Newton com o de Leibniz, defendendo sempre a superioridade do primeiro.

O livro de Voltaire não foi o único responsável pela divulgação das teses de Newton junto aos leigos. Madame de Châtelet, marquesa que foi companheira de Voltaire, escreveu o livro *Newton para madames*. Com essa obra pretendia divulgar as ideias newtonianas entre mulheres de sua época.

Ao longo do século XVIII, o newtonianismo saiu das universidades e das academias científicas, alcançou o grande público, virou poesia.

Poemas como os de Desaguller e Pope passaram a ser comuns na Europa do século XVIII. Newton assumiu pouco a pouco o papel de salvador da humanidade, aquele que foi capaz de tirar os homens das "trevas medievais". Isaac Newton deixou de ser um cientista comum, um homem mortal. Ele representava, agora, uma autoridade que deveria ser seguida por todos que desejassem alcançar a "Verdade".

O que foi divulgado como verdade, no entanto, foi o newtonianismo, quer dizer, uma leitura específica da obra de Newton realizada principalmente na França do século XVIII. Nessa interpretação, apenas os elementos matemáticos e aqueles ligados à experimentação foram valorizados.

Lembra-se do interesse de Newton pela alquimia e pela ação divina? Tudo isso foi desconsiderado. Os defensores da física newtoniana queriam instaurar uma razão exclusivamente matemática e experimental. Para isso realizaram uma interpretação da obra de Newton que não se limitou à leitura dos artigos e livros desse cientista. O que se divulgou como a verdade foi fruto da interação dessa obra com a de outros pensadores, como Leibniz.

> "Newton o sem paralelo, cujo Nome o tempo não removerá do Livro da Fama, a ciência Celeste promoveu mais que todos os Sábios que brilharam anteriormente. A Natureza compelida, à sua Mente penetrante obedece, e alegremente lhe mostra todos os secretos Caminhos; contra a Matemática ela não tem defesa, e submete-se à Consequência experimental; o seu Gênio dominador, da Causa certa cada Aparição à priori deduz e revela do Arquiteto Todo Poderoso as leis inalteradas."[1]

> "Na noite se escondiam a Natureza e suas leis:
> Deus disse, Que surja Newton! e tudo foi luz."[2]

1. *J.T. Desaguller*, **The Newtonian System of the World the Best Model of Government, an Allegorical Poem.**
2. *Alexander Pope.*

O mecanicismo

Muitos homens de ciência procuraram explicar tudo através dos princípios da mecânica newtoniana; as forças e a atração entre matéria, utilizadas para explicar os movimentos celestes e terrestres, tornaram-se soluções para problemas de eletricidade, de magnetismo, de química, enfim, de todos os assuntos com os quais os defensores dessa doutrina trabalhavam. Os newtonianos explicavam o mundo utilizando apenas a ideia de forças atuando entre corpos ou entre as partículas que os compõem. Eles eram *mecanicistas*, ou seja, para eles, a natureza era um grande instrumento mecânico capaz de ser todo compreendido a partir da ação de pequenas partes.

Dentro dessa compreensão mecânica de mundo, o universo foi comparado a uma máquina e Deus a um arquiteto. Nessa concepção, Deus teria planejado o mundo e colocado para funcionar. Sua presença seria, assim, desnecessária para que o universo continuasse funcionando na mais perfeita harmonia. Como uma máquina, a natureza já não precisava de seu Criador para funcionar perfeitamente. Ela obedecia a leis que garantiam sua ordem e harmonia.

NOSSO TEMPO

FRANKENSTEIN E O UNIVERSO-MÁQUINA

Existe um filme que ilustra muito bem essa visão de universo-máquina: Frankenstein de Mary Shelley, *dirigido por Kenneth Branagh, baseado no romance de mesmo nome escrito por Mary Shelley, em 1818.*

O filme narra a história de um médico, Victor Frankenstein, que vive na Europa no final do século XVIII. Após o falecimento de sua mãe, Frankenstein decide vencer a morte, criando a vida. Com essa determinação inicia o curso de medicina numa universidade onde encontra um professor que havia realizado estudos sobre a reanimação de algumas partes do corpo humano. O professor não deixa que Frankenstein tome contato com o caderno de anotações dos resultados de suas pesquisas.

Para esse professor, elas não deviam ter continuidade. O importante era preservar, e não criar vidas. O professor morre e Victor Frankenstein toma contato com o referido caderno de anotações. Pretendendo criar vidas, prossegue com as pesquisas. Depois de várias tentativas, constrói uma criatura, a partir de órgãos de diferentes mortos. Quando finalmente a criatura ganha vida, Frankenstein se arrepende do feito. Tenta matar sua criatura, por considerá-la um monstro, mas já é tarde demais.

Cena do filme *Frankenstein de Mary Shelley*, dirigido por Kenneth Branagh.

Esse filme é o exemplo de uma concepção mecânica da natureza.

Pense numa mdquina. Toda mdquina possui um esquema que indica quais são os blocos que a constituem, como cada bloco se apresenta, qual a função de cada uma dessas partes e qual a ordem de associação delas. De posse do esquema da máquina, qualquer técnico que saiba ler os códigos em que estão descritas as partes entende a máquina. Compreendendo-a, ele tem condições de reproduzi-la e até mesmo de aperfeiçoá-la.

Victor Frankenstein acreditava que o homem era uma grande máquina, ou melhor, que a vida humana e todos os fenômenos naturais podiam ser entendidos como resultado da simples interação entre partículas. Pensando dessa forma, estudou o corpo humano, analisou cada uma de suas partes e, ao final desse estudo, acreditou ter entendido o seu funcionamento. Sentiu-se, então, em condições de reproduzir as partes, juntá-las e criar a vida humana.

A comparação do universo a uma máquina foi a resposta encontrada ao longo da história pelos que desejaram modificar a ordem medieval. O universo-máquina passou a ser divulgado como a verdade para toda a sociedade ocidental.

Newton exerceu por algum tempo um papel similar ao de Aristóteles na Idade Média. O papel de destaque dado a Newton não passou despercebido na Europa dos séculos XVIII e XIX. Poetas, artistas e até mesmo cientistas começaram a questionar a autoridade de Isaac Newton. Essas pessoas sentiam-se incomodadas com a ideia de que tudo era mecânico, sem vida. Como podiam todos os fenômenos naturais ser entendidos como a simples interação entre partículas?

CAPÍTULO 6

Os românticos

Você é um romântico? Se é, está sempre dizendo palavras amorosas para seu(sua) namorado(a), certo? O romântico sempre se lembra das datas especiais, se preocupa com gestos que demonstrem o que sente. É por isso muitas vezes considerado um sonhador.

Se você não é um romântico, provavelmente é uma pessoa racional. As suas atitudes têm sempre uma explicação lógica. Você busca constantemente uma utilidade para os seus atos. Por que dizer a toda hora "eu te amo"? Eles já sabem disso!

Na Alemanha do século XIX, os românticos eram artistas, poetas e cientistas que questionavam o mecanicismo. Eles defendiam a superioridade da sensibilidade sobre a razão. Os cientistas participantes desse movimento, não mais aceitando a autoridade de Isaac Newton, instauraram a Filosofia Natural Romântica.

Para os filósofos naturais românticos, a física mecanicista devia ser desprezada, pois, além de considerar a natureza um objeto morto, ela a estudava com o único propósito de torná-la útil ao homem.

CLASSICISMO x ROMANTISMO

O século XVIII presenciou a passagem da visão clássica para a romântica nas artes. A visão clássica pautava-se numa postura racional diante da realidade natural e social, e teve forte presença no iluminismo. Os artistas clássicos enfatizavam em suas obras o caráter racional e universal do universo.

O romantismo foi um movimento de oposição ao classicismo. As obras românticas, ao contrário das clássicas, possuem uma forte carga de sentimento. Vejamos o exemplo do pintor romântico William Blake. Ele, assim como outros românticos, não aceitava a ideia de que através da matemática e da experimentação era possível compreender todos os enigmas do universo.

Newton (1795), de William

No quadro ao lado, Blake mostra seu lado romântico ao representar Newton como um homem fechado em si mesmo. Perceba que Newton, na pintura de Blake, está voltado para um papel com um compasso na mão, não observando o mundo à sua volta. É como se para Newton as únicas coisas válidas fossem os elementos da matemática. Blake representou Newton de tal forma que ele não enxerga o céu, nem as pedras cheias de variações minerais sobre as quais está sentado. Criticando a postura exclusivamente racional diante da realidade, Blake mostra um Newton que desconsidera a variedade e a riqueza da natureza.

A física mecanicista pretendia descrever matematicamente os fenômenos estudados, preocupava-se somente com as características quantificáveis. Os filósofos naturais românticos consideravam-na um fracasso, pois ela desprezava o que eles julgavam qualidades fundamentais da natureza, como vida e consciência.

O mecanicismo fracassava também por acreditar que o universo poderia ser plenamente compreendido quando o homem entendesse o funcionamento de todas as suas partes. Para os românticos, a natureza era um organismo vivo, uma unidade fechada, não podia ser dividida, desmembrada. Ao contrário da proposta mecanicista, para os românticos, só após conhecer o todo (a natureza integralmente) o homem poderia compreender suas partes isoladas.

Considerando a natureza algo vivo, os filósofos naturais desprezavam a ideia de matéria como algo duro e morto. Para eles, em tudo havia vida e a ação de forças secretas. Nesse movimento, procuravam enfatizar a união entre espírito (mente, intelecto) e matéria; entre arte e ciência. O objetivo era alcançar um conhecimento sensitivo e intuitivo da natureza.

Os físicos que adotaram o movimento romântico não se contentavam com os fatos experimentais. Lembra-se das "Regras de raciocínio" de Newton? Esses físicos não as seguiam. Eles interpretavam as observações e fatos experimentais sem medo de criar hipóteses.

Veja o caso de Goethe, um dos principais representantes do romantismo alemão. Em seu livro *Doutrinas das cores* ele se opõe a Newton. Para ele, Newton cometera um grande erro ao realizar experiências em quartos escuros. Segundo Goethe, para se chegar à verdade, é preciso investigar a natureza sem artifícios, ao ar livre. Isso porque; ao construir situações artificiais para realizar uma experiência, o homem se afasta da natureza.

Os filósofos naturais alemães deram grandes contribuições à ciência. Não se pode dizer que o mecanicismo tenha continuado vencedor após a Filosofia Natural Romântica. Mas também não é possível afirmar que os românticos venceram, pois ainda se pretendia que pensar a natureza como uma máquina fosse a verdade. Entretanto o movimento romântico questionou profundamente as bases dessa forma de perceber a natureza.

Os românticos mostraram que um outro olhar para a natureza poderia ser válido. Indicaram a existência de sistemas não mecânicos: nem todos os fenômenos podiam ser compreendidos como resultado de forças agindo entre partículas.

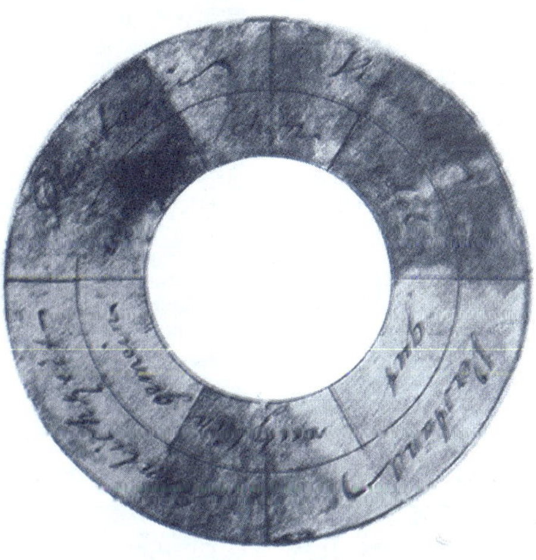

O *Circulo das cores*. Nesse círculo, Goethe relaciona as cores com seu significado sensível. A partir do centro da figura, no sentido horário: razão, entendimento, sensibilidade, fantasia. No círculo interno: belo, nobre, bom, útil, vulgar, desnecessário. Goethe utilizava-se de "sentimentos" para explicar os fenômenos naturais, e, assim, atingir a essência da natureza.

CONCLUSÃO

O fim da viagem

Chegamos ao fim de nossa viagem. É hora de realizarmos um balanço sobre as personagens vistas e os lugares visitados.

Com esta viagem, tivemos oportunidade de conhecer o cientista que inspirou Pope a escrever os versos fortes e provocativos que aparecem nas páginas 4 e 38. Mesmo sabendo que muitos detalhes importantes foram esquecidos, temos certeza de que aquilo que aprendemos nos permite dizer que Newton não foi o ser divino que Pope nos anunciou.

Isaac Newton, efetivamente, teve um papel importante para o processo de construção de um olhar para a natureza diferente do medieval. Concretizou o que muitos filósofos naturais haviam tentado anteriormente, abrindo espaço para a construção de uma nova ordem, em que apenas as explicações puramente racionais foram consideradas válidas.

Apesar de reconhecermos o valor da obra de Newton, aprendemos durante a nossa viagem que, sem os seus antecessores e sucessores, o mecanicismo não sairia vencedor.

A comparação do universo a uma máquina não foi obra de uma única personagem histórica. Embora as leis de Newton tenham sido a base da elaboração dessa nova visão, ela foi fruto do trabalho realizado por várias gerações.

Sem seus antecessores, Isaac Newton não teria formulado teorias tão abrangentes sobre os fenômenos naturais. Sem os intérpretes dos séculos seguintes, a concepção universo-máquina não se teria concretizado. Sem a divulgação do newtonianismo feita insistentemente por pensadores como Voltaire, o novo olhar sobre a natureza não teria alcançado o grande público e se tornado a grande Verdade.

Imagine que vivêssemos num mundo em que a natureza fosse considerada sagrada, a morada de Deus. Você acha que nesse mundo os cientistas pensariam em entrar num laboratório, estudar como ocorre o processo de fecundação e a partir daí tentar reproduzir a fecundação num tubo de ensaio?

Não queira responder agora a essa questão. Apenas reflita sobre essa hipótese. Em sua reflexão, lembre-se de que a razão nem sempre foi considerada a única forma de se chegar à verdade legítima. Não se esqueça de que, ao longo da história, os homens construíram soluções para as suas vidas diferentes das atuais.

Imagem de fecundação artificial vista do microscópio.

Leitura
recomendada

Para você, que deseja se aprofundar no tema, segue uma pequena lista com alguns livros que poderiam ser consultados.

- *De Arquimedes a Einstein*, de Pierre Thuillier.
O livro desse francês é uma coletânea de textos relativos à história da ciência. Em um deles você encontrará uma discussão bastante interessante sobre o Newton alquimista.

- *300 anos dos "Principia" de Newton* — Uma publicação da COPPE/UFRJ em homenagem aos trezentos anos dos *Principia.*
Essa publicação contém uma coletânea de artigos sobre Newton e sua obra.

- *A história ilustrada da ciência*, de Colin A. Ronan.
Essa coleção de quatro volumes é básica para quem, no Brasil, quer fazer uma primeira incursão na história das ciências. Em linguagem simples, esse historiador das ciências inglês procura traçar um amplo painel da ciência, desde suas origens até o século XX.

- *A vida de Isaac Newton*, de Richard S. Westfall.
Nesse livro, Westfall discute de forma bastante interessante a vida e a obra de Isaac Newton, de quem é um dos maiores estudiosos.

Bibliografia

BURTT, Edwin A. *As bases metafísicas da ciência moderna*. Brasília: Editora UnB, 1983.

CASINI, Paolo. *Newton e a consciência europeia*. São Paulo: Editora Unesp, 1995.

GHINS, Michel. *A inércia e o espaço-tempo absoluto: de Newton a Einstein*. Campinas: Coleção CLE, v. IX, 1991.

HESSEN, Borís. *Las raíces socioeconómicas de la mecânica de Newton*. Havana: Editorial Academia, 1985.

MASON, Stephen F. *Historia de las ciencias*. Madri: Alianza Editorial, 1986. 5 v.

NEWTON, Isaac. *Mathematical principies of natural philosophy and his system of the world*. Los Angeles: University of California Press, 1962.

NEWTON'S PHILOSOPHY OF NATURE: selections from his writings. Londres: The Hafner Library of Classics, 1984.

RONAN, Colin A. *A história ilustrada da ciência*. Rio de Janeiro: Universidade de Cambridge/Zahar, 1987.

SERRES, Michel (org.). *História das ciências*. Lisboa: Terramar, 1995.

STENGERS, I. *Quem tem medo da ciência? Ciência e poderes*. Rio de Janeiro: Siciliano, 1989.

______________, PRIGOGINE, I. *A nova aliança*. Brasília: Editora UnB, 1991.

TATON, René. *Histoire generale des sciences*. Paris: Presses Universitaire de France, 1994.4 v.

THUILLIER, Pierre. *De Arquimedes a Einstein, a face oculta da invenção científica*. Rio de Janeiro: Zahar, 1994.

VOLTAIRE. *Elementos da filosofia de Newton*. Campinas: Editora Unicamp, 1996.

WEBSTER, Charles. *De Paracelso a Newton: la magia en la creación de la ciencia moderna*. México: Fondo de Cultura Económica, 1993.

WESTFALL, Richard S. *A vida de Newton*. Rio de Janeiro: Nova Fronteira, 1995.

Os autores

Graduados em Física pela Universidade Federal do Rio de Janeiro e professores do ensino secundário, os autores de *Newton e o triunfo do mecanicismo* desenvolvem trabalhos de pesquisa nas áreas de Educação e Ciências:

Marco Braga — mestre em Educação pela PUC-RJ, com tese na área de Educação Científica e Tecnológica. Doutor em Engenharia de Produção pela COPPE / UFRJ na área de História e Filosofia da Ciência e da Tecnologia. Professor do Cefet-RJ e da rede particular de ensino.

Andreia Guerra — mestra e doutoranda em Engenharia de Produção na COPPE / UFRJ na área de História e Filosofia da Ciência e da Tecnologia. Professora do Colégio Pedro II e do Instituto de Telecomunicações do Rio de Janeiro (Intel-RJ).

Jairo Freitas — mestre em Química pela UFRJ, com tese na área de Físico-química. Professor do Colégio Pedro II e da Escola Politécnica de Saúde Joaquim Venâncio (Fundação Oswaldo Cruz).

José Cláudio Reis — mestre em Educação pela PUC-RJ, com tese na área de Educação Científica e Tecnológica. Doutorando em Engenharia de Produção na COPPE / UFRJ na área de História e Filosofia da Ciência e da Tecnologia. Professor do Colégio Pedro II e da rede particular de ensino.

LINHA DO TEMPO

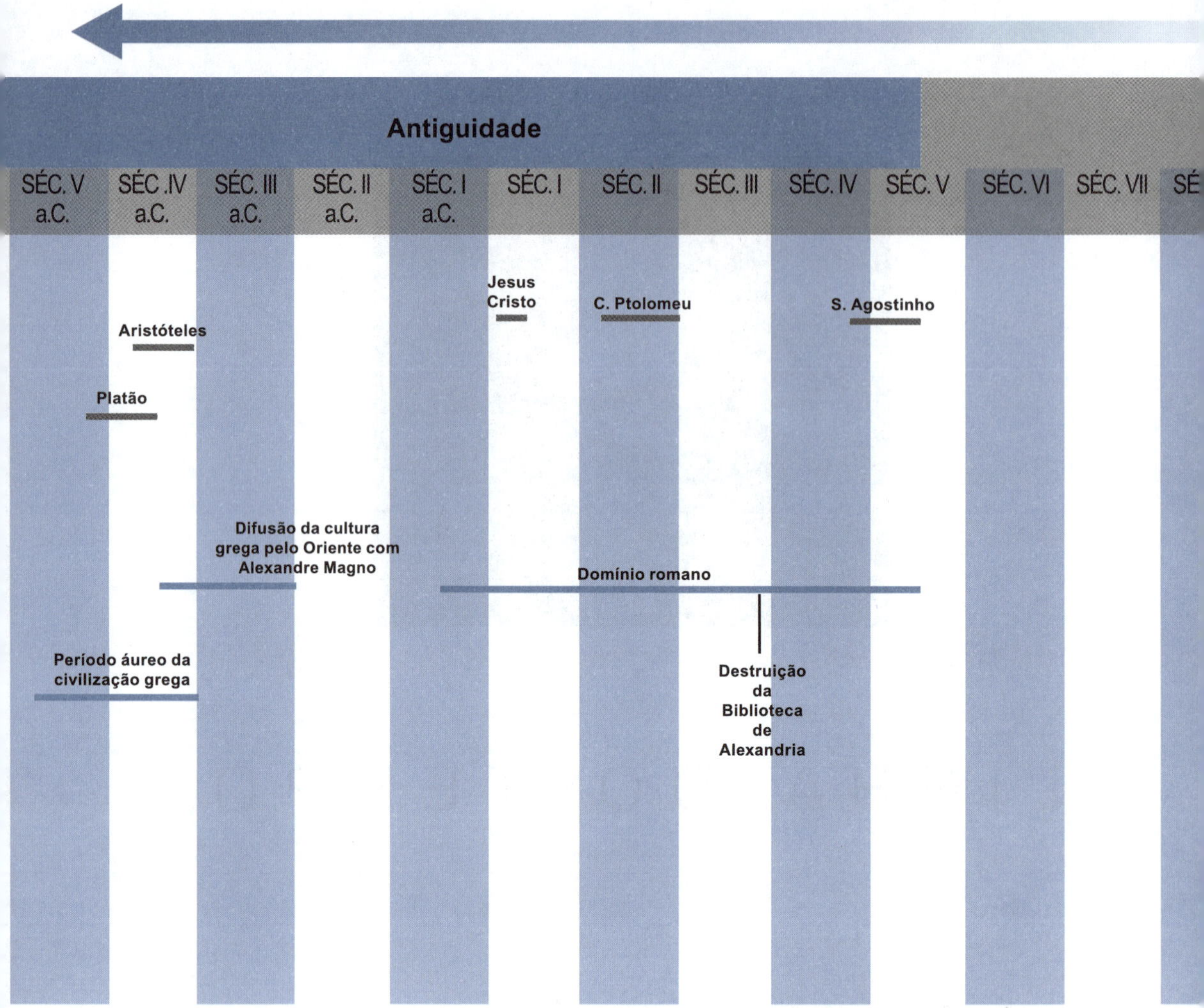
Antiguidade
SÉC. V a.C.
SÉC .IV a.C.
SÉC. III a.C.
SÉC. II a.C.
SÉC. I a.C.
SÉC. I
SÉC. II
SÉC. III
SÉC. IV
SÉC. V
SÉC. VI
SÉC. VII
SÉ
Jesus Cristo
C. Ptolomeu
S. Agostinho
Aristóteles
Platão
Difusão da cultura grega pelo Oriente com Alexandre Magno
Domínio romano
Período áureo da civilização grega
Destruição da Biblioteca de Alexandria

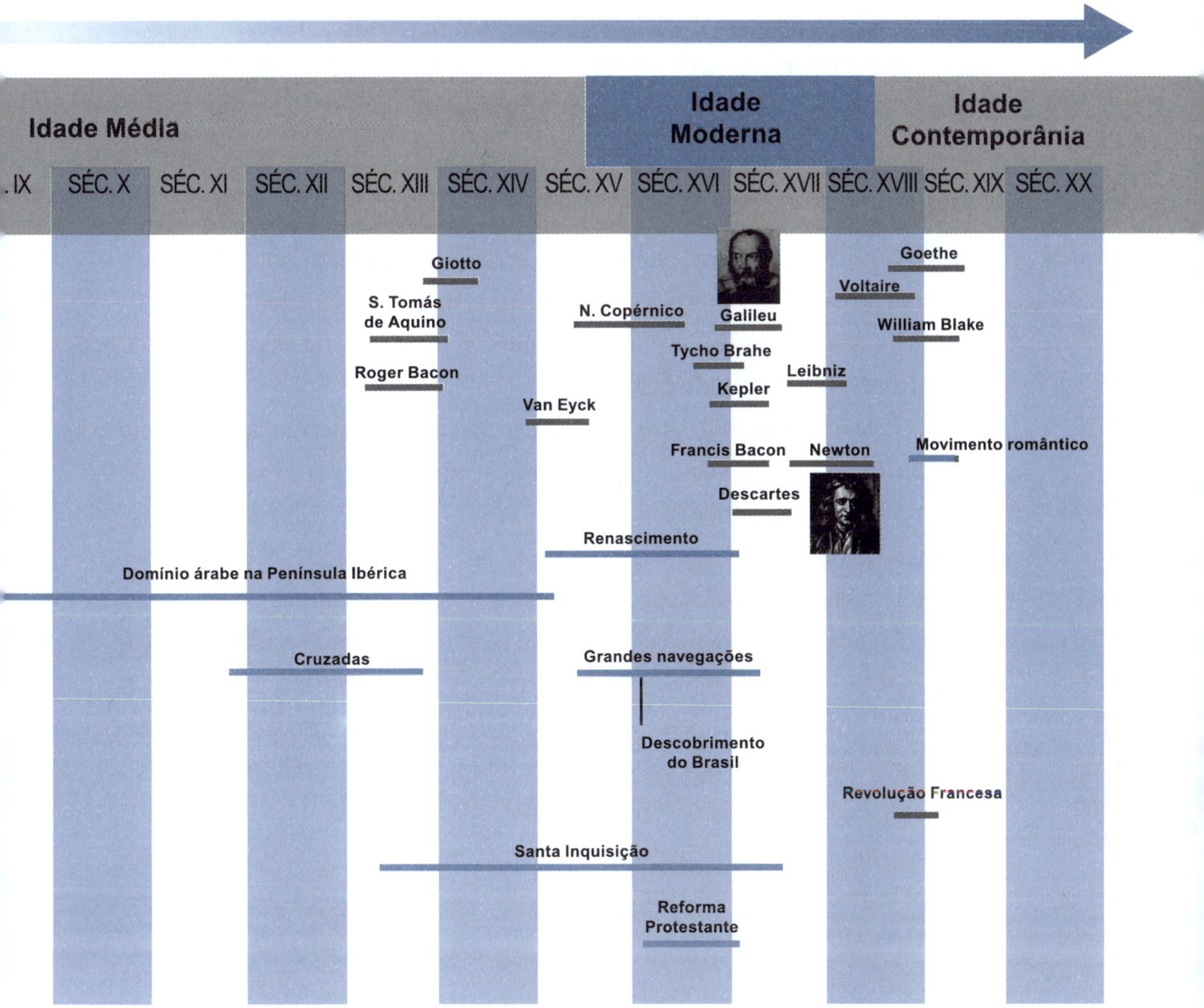
Idade Média
Idade Moderna
Idade Contemporânea
IX
SÉC. X
SÉC. XI
SÉC. XII
SÉC. XIII
SÉC. XIV
SÉC. XV
SÉC. XVI
SÉC. XVII
SÉC. XVIII
SÉC. XIX
SÉC. XX
Giotto
S. Tomás de Aquino
Roger Bacon
Van Eyck
N. Copérnico
Galileu
Tycho Brahe
Kepler
Leibniz
Francis Bacon
Newton
Descartes
Goethe
Voltaire
William Blake
Movimento romântico
Renascimento
Domínio árabe na Península Ibérica
Cruzadas
Grandes navegações
Descobrimento do Brasil
Revolução Francesa
Santa Inquisição
Reforma Protestante

A CIÊNCIA NO TEMPO DE ISAAC NEWTON (1642-1727)

1642	Morre Galileu em 8 de janeiro. Nasce Isaac Newton em 25 de dezembro.
1643	O físico italiano Evangelista Torricelli (1608-1647) mede a pressão atmosférica.
1646	Nasce Gottfried Wilhelm Leibniz em Leipzig. Ele será o grande antagonista de Newton no campo científico.
1657-1658	Huygens, físico holandês, inventa o pêndulo como mecanismo de regulagem de relógios.
1671	Constrói-se o Observatório de Paris.
1675	O rei Carlos da Inglaterra patrocina a construção de um observatório astronômico no Parque Real de Greenwich.
1682	Halley observa um grande cometa e prevê uma nova aparição dele para 1758 (cometa de Halley).
1687	Newton publica o livro *Princípios matemáticos da filosofia natural.*
1700	Leibniz funda uma academia científica que mais tarde será a Academia de Ciências Prussianas.
1703	Newton é nomeado presidente da Academia de Ciências de Londres, a Royal Society.
1704	Newton publica o livro *Óptica.*
1707	Escócia e Inglaterra unem-se sob o nome de Grã-Bretanha.
1712	Halley publica o primeiro mapa estelar da era telescópica.
1716	Morre Leibniz em 14 de novembro.
1727	Morre Newton em 20 de março.

Cronologia baseada no livro *Nascimentos da Física — 3500 a.C.-1900 d.C.*, do professor José Maria Filardo Bassalo, publicado pela Editora da Universidade Federal do Pará.